冰如劍
唐尼宇
BUZZER BEATER
最後一擊
傳奇5

推薦序
追逐夢想，就是要永不停歇

熱血 NBA 作家 HBK

說來有趣也帶一點驕傲，我會認識冰如劍是在二〇一三年的八月，他私訊我的粉絲團，分享了一段他所寫的小說內容，並且告訴我，我所寫的每一篇文章都觸動了他內心籃球熱血炙熱的魂魄，讓他想繼續做他的籃球夢，即便不可能像林書豪一樣打進 NBA，但至少能寫一篇動人心弦，彷彿自己置身於故事中的熱血籃球小說，用文字的力量感動他人，讓愛籃球的夢能延續下去。

那時我得知他正在當兵，且還是擔任勤務很多的憲兵，他所寫的小說都用自己放假時間埋頭苦幹地在寫文與構思劇情，當時我就在想，這個年輕人到底有什麼問題？通常當兵放假就是出外遊玩放鬆自己，他反而是在休假時，繃緊神經絞盡腦汁在寫作，整個陶醉於自我的世界裡，展現出樂此不疲態度。

雖然我們兩人之前完全不認識，也未曾見過面，但我由衷地被他的堅持所感動，也對於這位小粉絲印象深刻，並鼓勵與期許他能真正完成自己在寫作上的夢想，即使這條路並不好走又坎坷，還是希望不要輕易放棄。

而我們兩人接下來就中斷聯繫，相隔將近一年，在二〇一四年的七月中，我又在我堆積如山的私訊收件夾裡看見一個有點熟悉的名字，點開來看，恍然大悟，這不就是去年立志要當小說家的年輕人嗎？

很快地，發現我當時深怕他半途而廢的想法根本是多慮了，他開門見山地告知我他已經退伍，並且他的小說已經開始在連載，分享一個叫做「POPO 原創」的線上創作網站給我，那裡充斥著許多優秀的華文創作者，有琳琅滿目的類型，而我在其中一個項目裡，看到一本名為《最後一擊》的作品排在排行榜前端，作者就叫做冰如劍。

再點進去，看到總字數來到五十幾萬，已經累積了不少死忠的讀者，真的不由得會對他感到驕傲，甚至自嘆不如，在追夢的過程裡，我眼裡的這年輕人比我還要堅毅與執著。

深入再談，他告訴我退伍後他每個禮拜至少要寫幾萬字的內容，強烈鞭策要求自己要做到，打工回家就是寫文，且在夢想成為作家的路上他與家人鬧得並不愉快，但他為了堅持自己的夢想，離開老家台南到台北，住在一個加蓋的鐵皮屋裡，在夏天炎熱高溫猶如烤箱的環境下，他仍能持之以恆完成他對於讀者每週更新的期待，真的能深刻了解與體會，他是真正燃燒熱情在享受這追夢的過程。

俗話說，一個有決心和擁有清晰目標的人，他們會時時刻刻砥礪自己要抓緊夢想，不僅僅牢牢記住在心坎裡，一刻也不與它分開，還要永不停歇地去追逐。因為夢想對於他就像吃飯、睡覺一樣重要，要把這滿腹的凌雲壯志化為動力，而不只是淪為空談，全力以赴不給自己留下遺憾，在我眼裡，冰如劍就是這樣子的築夢者，真的很讓我欣賞，我們也因此成為好朋友。

這本書，《最後一擊》，我能說這是我看過最熱血的籃球小說，就我自己也常在寫文、不時會買書來閱讀，以及我同樣是深愛籃球愛打籃球的人，《最後一擊》真的可以勾起心中對於籃球的熱魂，就好像在看一場精彩的比賽一樣，讓人欲罷不能想看下去，且能聯想到很多東西。

啟南高中就好像 NBA 裡六〇年代的波士頓塞爾提克，十三年內拿下十一座總冠軍，包含不可思議的八連霸，統治了當時整個籃球界。而啟南高中，三十年二十次冠軍，一句「啟南王朝，無可動搖」，這也會讓人聯想到《灌籃高手》裡的山王工業，連續三十年都是秋田縣的第一種子，他們不僅僅是「常勝」，而是到了「不敗」的地位，直到他們遇到了湘北高中。

光北高中就彷彿是湘北高中，像流星一樣璀璨地一閃而逝，擊敗了可說是無敵的啟南高中，但結局也與《灌籃高手》的湘北高中神似，遭逢主力受傷，下一戰已氣力放盡，神奇之旅也就此畫下休止符。

李明正的籃球夢，就交由自己的兒子李光耀來繼承，在籃球已沒落的光北高中裡，他自信滿滿要掀起一股革命與復興的浪潮，而從他那鋒芒畢露的球技、桀驁不馴的個性上，很有 Kobe Bryant 或者是 Allen Iverson 的影子存在，他們的共通點都是，享受挑戰、證明自己、打爆眼前所有對手，相當迷人的英雄特質。

而更有意思的是，要復興光北高中，光靠李光耀是不夠的，他得組一個團屬於光北高中的「正義聯盟」，他必須招募自己的左右手，一樣與他熱愛籃球，並有著想化腐朽為神奇的鬥志，願意一起有共同目標的隊友。

你可以看看一個只會投三分的超級神射「王忠軍」，一個不會打球但擁有極佳身材的門神「麥克」，以及之後陸續加入的隊友們，每個人都有自己的故事和各自對於籃球的牽絆，這也是整個小說的迷人之處。

所以如果你也愛籃球，《最後一擊》怎麼可能不會吸引你？有著太多讓人熱血與共鳴的籃球精神與記憶，且最重要的是，從文字裡，你可以感受到冰如劍他對於籃球的愛與熱情，這是只有真正愛籃球的人才寫得出來，一個裝載著他靈魂的精彩之作。

相信我，閱讀《最後一擊》，會時常令你想拿起球就跑去球場鬥牛，光是這一點就能證明這個故事有多迷人，能夠燃燒著你我對於籃球的激情，讓我非推薦給大家不可。

冰如劍本人也是整個故事精神的縮影，值得大家去學習效法，追逐夢想，就是要永不停歇。

推薦序
從最後一擊　看懂 WE WILL 精神

星裕國際總經理　王立人

當《灌籃高手》和《影子籃球員》成為當代經典籃球動漫，相信大家更驚喜可以看到從台灣學生籃球出發的《最後一擊》，不同動漫的是，學生籃球聯賽的熱血、執著、激情與感動透過文字力量被闡述出來。除了其中的友情、親情和純愛故事外，推薦看這部小說的原始動力絕對是，夢想。

光北高中，一支原本不被看好的隊伍，一路從丙級打到乙級，再打進象徵高中籃球最高殿堂的甲級聯賽，靠得不是天分、不是機運，而是比別人更殘酷的訓練內容，以及對勝利的極度渴望。在球場上展現超強能力的李光耀，連隊友都不知道他每天早上四點就摸黑起床練球，週末沒練球時間也堅持到公園自我訓練，李光耀的自信、球場上的每一個好球都是由背後無數艱辛訓練助攻而成，我想要拿 UNDER ARMOUR 最常鼓勵正在挑戰夢想的人一些正面金句送給大家：看得見的閃耀，來自黑暗裡的淬煉。

也許這樣的夢想故事正發生在台灣某個角落，UNDER ARMOUR 秉持著「讓運動者更強」的品牌理念加入 JHBL 國中籃球聯賽，便是要全力支持學生球員勇敢追夢，築夢踏實，總有一天，大家對運動的一切努力能被看見，WE WILL。

推薦序

大聲說出你的夢想，敢於投出你的「最後一擊」

《極力誌》聯合創辦人　王偉鴻

每個人的心裡，都收藏著一個不為人知、不敢大聲說出來，以及還沒有勇敢去完成的夢想。有人想成為籃球員、有人想環遊世界、有人想當個作家、有人想當個演員、有人想……是的，很多人都停在「想」這個階段。對於夢想，有多少人能有自信地大聲說出來，不懼艱辛地去追尋？

二〇一五年五月，《最後一擊》作者冰如劍毛遂自薦，將《最後一擊》投稿到《極力誌》，編輯們看過故事大綱及部分故事內容後，便決定邀請冰如劍做連載。事實上，《極力誌》看到的，不單是《最後一擊》的故事，還有看到冰如劍的故事。一個年輕人，為了「作家」這個夢想，勇敢地踏出第一步，努力地開創自己的路。

《最後一擊》的故事好看與否，交由讀者自行判斷，我們不做評論。但至少《極力誌》的編輯們看不到有什麼不妥的地方，既然如此，何不給這位充滿幹勁，努力追尋夢想的小伙子一個平台、一個機會，讓他的作品得到更多人的欣賞？

「我以後要成為全世界最強的籃球員」這句話，經常掛在主角李光耀的嘴邊，曾幾何時，也一度掛在自己的嘴邊。而現實的結果，就不用多談了。《最後一擊》讓我想起讀書時，跟籃球隊隊友們在球場上一起揮灑汗水、一起努力練習，互相扶持的情景。我還記得，當大家練習完後倒在學校的球場上，看著夕陽西下的天空，還有訓練後到便利店搗亂的嘻哈日子。那時我們沒有想太多，就只是想專注地去打好每一場比賽。我們什麼都不怕，就只怕面對強勁的對手時，有人會退縮。我們挺起胸膛走入球場，不論結果，也要挺起胸膛走出來。

離開校園之後，經過社會洗禮的你，是否還有勇氣向其他人大聲說出你的夢想呢？還在猶疑是否該為夢想踏出第一步？當你看過《最後一擊》後，相信會讓你找回那青春歲月，重新找回當時無懼一切，充滿熱血幹勁的自己。

夢想並不可怕，就像主角李光耀一樣，自信地大聲喊出你的夢想，然後勇敢地踏出第一步，頭也不回地為夢想走下去。你在球場上投出要分勝負的「最後一擊」，結果會是什麼，沒有人知道；但重要的是，你敢於投出這「最後一擊」，才能看得到結果。在此祝願冰如劍及《最後一擊》能取得他應有的成功。

啊！還有，我的籃球夢沒有就這樣完結，就像李光耀的爸爸李明正一樣，只是用了另一種方式去繼續。我和冰如劍一樣，也是個不到三十，為夢想而努力的人。

推薦序

說書人　柳豫

你喜歡籃球嗎？

在談《最後一擊》之前，我想聊聊《灌籃高手》。

《灌籃高手》是我們這個世代的共同記憶，還記得當初動畫首播，正好是在我的兒童美語班放學時間，我總是學櫻木花道手刀衝刺趕回家，準時和湘北隊一起追逐稱霸全國的夢想，每次聽到片尾曲〈我只凝望著你〉就覺得哀傷，小時候娛樂並不多，在上學與補習的日常之中，《灌籃高手》就是每週支撐我活過七天的動力。

隨著年紀增長，重看了漫畫、動畫無數次，對這部作品的愛卻有增無減：十歲時最喜歡流川楓，沒什麼好說的，就是帥；二十歲最喜歡櫻木，喜歡那自信、無所畏懼、勇敢追夢的身影；三十歲最喜歡三井、赤木、木暮，因為他們讓我看到的不只是夢想，還有夢想與現實之間的掙扎。

如果你沒有看過這部漫畫，你大概不知道我有多麼羨慕你，並且不計代價想要和你交換，因為這樣就能再次體會第一次看到這部神作的感動了。

然而，我在《最後一擊》中竟再次看見這種感動——作為一部描寫籃球、青春、夢想的小說，無可避免地會讓人聯想到《灌籃高手》這道高牆，但《最後一擊》並未因此受到局限，反而創造出一部屬於台灣的高中籃球小說——你在書中不會看到流川楓、櫻木花道、赤木剛憲，不過，你將看到另一支讓人打從心底喜愛的球隊，看到王牌的光芒與團隊合作的光輝，看到夢想這條長路上，那些困頓、挑戰、歡笑、汗水和淚水。

我在《最後一擊》於網路上連載的後期開始追蹤收看，結果一發不可收拾，七天之內追上這部超過兩百萬字的長篇連載小說的最新章，作者冰如劍說故事的方式輕快而充滿魔力，讓人一邊陪伴、見證書中主角群的成長，一邊從他們身上得到滿滿能量，當你翻開小說的第一頁，你也將加入光北高中的這趟奇幻之旅。

你有夢想嗎?你喜歡籃球嗎?如果你喜歡，相信你會喜歡這個故事。

我誠心推薦《最後一擊》這部小說——我很喜歡，這是我的真心話。

推薦序

音樂創作者　陳零九

已經有點忘記第一次是在哪裡看到他的文字，冰如劍，這三個字讓我先入為主以為寫出來的內容會是武俠類的小說，我非常喜歡武俠的題材，當然他確實也是，我很喜歡冰如劍的另外一部長篇叫做《刀神》，非常非常喜歡，也推薦給大家可以去 POPO 原創閱讀，相信喜歡修仙武俠類的讀者們會很愛。

而另外一個跟冰如劍的連結應該就是籃球與 Kobe 了吧，我們都是創作人，而創作是孤獨的，需要跟寂寞獨處的，對應到 Kobe 的曼巴精神（自幹）應該或多或少有點關聯吧？哈哈說笑的，我覺得是因為很多有成就的人都會有他堅持的點，Kobe 是這樣，我跟冰如劍也是，那是屬於我們的領域，很多是無法妥協的，希望大家能夠接受一下我們的堅持（龜毛），也希望你們能夠細細品嚐每個創作人死了很多腦細胞跟無數個夜晚所產出來的孩子，裡面有很多很多我們對於這個世界的投射，等著你們來挖掘。

最後還是要推薦一下，這部《最後一擊》是少數用籃球當作題材的小說，看著《最後一擊》會讓我想到《灌籃高手》，仔細品嚐後，絕對會讓你有想要換上球鞋出去熱血一下的衝動，我發自內心地推薦這本小說給大家，也恭喜冰如劍，相信你未來會帶給我們更多更棒的作品，加油！

作者序

冰如劍

這是一部關於夢想與籃球的小說，除了鼓勵大家勇敢追夢，更多的是關於為自己的選擇負責，為自己的目標負責。

你想要完成夢想，就需要努力付出，甚至是做出犧牲，某些程度上，有點像是我自己追求作家夢的過程。

為了成為作家，我壓縮了生活品質，犧牲休閒娛樂活動，將所有的精神與靈魂投注在寫作上。如同故事中的各個角色一樣，為了實現夢想，當別人出門逛街、看電影時，他們選擇在籃球場上奔跑流汗，忍受著艱苦的訓練，就為了能夠在比賽中大放異彩。

所以比起追夢，我覺得這更像是一部「為自己的選擇負責」的小說，另一方面，也是在延續著我曾經純真的籃球夢。

我國中開始愛上籃球，因為深愛著湖人隊傳奇球星 Kobe Bryant，甚至夢想著到 NBA 這個籃球最高殿堂跟他交手，親身體驗他的實力到底有多強。

為了達到這個目標，每天晚上我總是騎著腳踏車到附近的球場，獨自練習投籃。有一段時間，即使寒流來襲，氣溫十度以下，我還是堅持著沒有放棄。

令人難過的是，我所付出的努力其實遠遠不足以幫助我到達NBA，加上一些現實的因素，所以我的籃球夢，被家人狠狠地摧毀了。雖然早就猜想到自己這輩子都不可能走到那個地方，心裡還是不免有缺憾。

後來我遇上了寫作，才發現我對於文字的熱愛更甚於籃球，於是在某一天，我決定利用文字來彌補當時的那份遺憾，也因此有了《最後一擊》的誕生。

有人認為，作家會將自己投射在作品上面，在《最後一擊》裡，確實就是如此。不管是對於籃球或者人生，我都投注了自己的價值觀，我也把很多的「我」加進裡頭，將我認為籃球最精彩、最刺激、最吸引人的地方，毫無保留地放進去。

同時，我也放進了「選擇」，因為成為一個作家，正是一個非常自私、任性且固執的選擇。當我下定決心，轉身背對著眾人對我的期望，倔強地選擇往作家路前進時，我就告訴自己，要為了這個選擇負責，要為了自己想要到達的那個地方，付出更多倍的努力。

寫作跟籃球，感覺起來像是兩個完全不同的領域，可是有一個地方我認為是共通的，那就是即使付出再大的努力，最後都有可能是一場空。

籃球員只要經歷一次受傷，可能就會讓過往所有的努力白費，就像故事中的李明正一樣，即使如此，李明正卻沒有任何後悔或遺憾。

正如我一直告訴自己的，不管我的作家路走得如何，我最大的收獲，是我的人生將不會對此有任何遺憾。

曾經我的夢想被狠狠地摧毀，而這一次，我決定用最大的努力去守護著它，即使跌得再痛，我也甘之如飴。

或許，這就是專屬於追夢者的浪漫吧。

這是一部我發自內心寫出來的小說，我感動了自己，希望也能夠感動翻閱這本書的每一個你。

第一章

「停！」

偌大的書房裡，謝娜手裡拿著小提琴，臉上露出頹喪的表情。一位中年婦女坐在鋼琴前，眉頭深鎖，斥責的眼光望著謝娜。中年婦女面容有著些許歲月刻劃的痕跡，可是絲毫沒有減損半分美麗，反而更帶來一股神祕韻味。

謝娜低垂著頭，不敢與中年婦女有眼神接觸。

「謝娜，妳今天是怎麼回事?莫札特的《土耳其進行曲》，韋瓦第的《四季》，蕭邦的《夜曲》，就連妳最喜歡的德布西的《月光》都表現得一塌糊塗。」中年婦女盯著謝娜，銳利的眼神讓謝娜害怕地微微發抖。

「媽……媽，對……不起。」謝娜偷偷瞄了牆壁上的時鐘，晚上七點十分。

謝娜心想，比賽七點開始，結果我今天狀況這麼差，不管怎麼拉媽媽都不滿意，跟媽媽的鋼琴根本搭配不起來，看來是沒有辦法去現場幫你加油了，對不起……

謝娜輕咬下唇，她好想要坐在觀眾席上看李光耀打球，幫李光耀加油，可是現在她卻……

謝娜強忍住鼻子的酸意跟眼眶裡的熱意，右手舉起琴弓，輕輕放在弦上，準備繼續演奏。

中年婦女盯著謝娜精緻的臉龐，說道：「妳今天看時鐘的次數比平常還要多了兩倍以上，是不是有什麼心事，所以表現才這麼糟糕？」

謝娜微微搖頭，中年婦女臉色和緩下來，「別騙我了，我看得出來妳有事情悶在心裡。有什麼心事就說，趕快解決，不然妳的琴藝就會永遠停留在這個要上不上，要下不下的階段。」

謝娜握著琴弓的右手顫抖，眼神裡出現猶豫，心中有兩道聲音在拔河，「謝娜，說出來，媽媽一定可以理解的，她會讓妳去看球賽的，現在出發的話還來得及，再遲就什麼都沒有了！」、「謝娜，別天真了，家裡雖然對『那件事』絕口不提，可是當時造成的傷害絕對不是那麼容易就可以消除的，大家那麼保護妳，結果妳現在卻飛蛾撲火，媽媽絕對不會允許的！」

就在謝娜心中左右搖擺不定時，門外傳來了敲門聲，「夫人。」

中年婦女聽了聲音知道門外是福伯，說道：「請進。」

「謝謝夫人。」福伯拉開門，走進書房。

「夫人，其實小姐確實是有一些煩惱。如果夫人不介意的話，我可以替小姐把心裡的話說出來。不過我希望夫人聽了之後，不要怪罪小姐。」

中年婦女瞄了謝娜一眼，點頭說道：「好，你說。」

「今天光北高中有一場非常重要的比賽，身為學校的一分子，小姐很想要到現場幫學校加油。」

中年婦女皺起眉頭，「什麼比賽？」

福伯緩緩地說：「籃球比賽。」

「籃球比賽？」中年婦女語調上揚，一臉不敢置信地望向謝娜，「謝娜，福伯說的是真的嗎？」

「籃球比賽」四個字，讓謝娜腦海裡出現了李光耀自信的身影，一想起李光耀，謝娜心裡就湧現出一股力量，她鼓起勇氣，輕微地點了頭，「嗯。」

中年婦女深深吸了一口氣，身為高科技公司的老闆，經歷過無數大風大浪，她很快就調整好心裡的情緒，用理性的角度思考這件事。

中年婦女看著謝娜，心想，就算是大人，遭綁架時一定也會恐懼不安，更別提當年還只是一個小女孩的謝娜，當時的經歷一定會造成一輩子的陰影，而「籃球」又是與綁架有直接相關的事情，所以單憑要幫學校加油這個理由，實在很難說服她。

中年婦女輕輕嘆了一口氣，她想起在謝娜這個年紀時的自己，知道世界上只有一件事能夠讓一個女孩子突然間改變。

愛情。

「傻孩子，上次受的傷還不夠重嗎？」

謝娜一愣，抬起頭來，看到媽媽臉上心疼的表情，很快又低下頭，視線左右游移，「他……

不一樣。」

謝娜說話的音量雖然很小，中年婦女卻聽得一清二楚。她感到極度訝異，童年時遭綁架，這種事情對謝娜造成的傷害不言而喻，可是今天竟然有人趕走了謝娜心中的陰影。

她很好奇，這個具有神奇魔力的男孩子，會是怎麼樣的一個人？

中年婦女沉思一會，雙手重新放回琴鍵上，「如果真的很想要去看球賽，那就把琴拉好。」

謝娜臉上閃過欣喜的表情，望向福伯，福伯右手握拳，接著雙手做出握著方向盤的動作，表示自己先去備車。

謝娜對福伯點了頭，雙眼充滿了堅定的光芒。

李光耀，等我！

★

開局就陷入十分的落後，吳定華與楊信哲皆露出緊繃的表情，雖然在賽前就知道向陽高中很強，但是到了現場之後，他們才知道向陽高中這麼強，一開局就打得他們毫無招架之力。

向陽高中的學生在觀眾席上不斷歡呼，反觀坐在他們對面，人數相較之下十分稀少的光北高中則是安靜無比，兩邊形成了巨大的反差。

「苦瓜哥，雖然向陽真的很強，可是一開賽就這樣，光北很危險啊。」

苦瓜仍然是那副天塌下來都無所謂的淡定表情，「比賽才剛開始，十分的差距並不算多。」

「可是……」

苦瓜直接打斷，「不用緊張，現在是比賽開始兩分鐘，不是比賽最後兩分鐘，等一下暫停過後如果光北隊還是沒辦法追分，才是你真正該緊張的時候。」

光北先發球員大步走回板凳區，本來以為李明正會緊繃著臉，對他們說等一下在場上該做什麼、該注意些什麼，沒想到李明正竟然對他們說：「你們做得很好，都有按照我說的去挑戰籃框、包夾辜友榮，戰術執行得很徹底。」

球員、吳定華、楊信哲瞬間愣住，他們萬萬沒想到李明正第一件事竟然是稱讚球員的表現。

不過李明正話鋒一轉，「可是比賽開始到現在你們一分未得，向陽卻已經拿到十分，你們知道為什麼會這樣嗎？」

球員沉默，等待李明正的答案。

「很簡單，就是你們並沒有把向陽當作向陽在對付。他們是一支你們必須拿出比全力還要多的力氣來應付的球隊，你們戰術執行得很好，可是你們拿出的鬥志、決心、意志力都還不夠。向陽跟以往遇到的球隊都不一樣，他們比松苑、立德、瑛大附中都還要強大的多！

「你們剛剛上場應該感受到辜友榮的實力了，基本上向陽就是以辜友榮為攻守重心的一支球隊，在場上最重要的事就是把辜友榮守好，被得到的十分全部都跟他有關，所以第一要務就是要對付辜友榮。

「向陽目前為止已經投進兩顆三分球了，沒關係，就讓他們投，數據表示他們並不是一支擅長投三分球的球隊，就跟賽前說的一樣，只有他們在左側四十五度跟底角的三分線外接到球再撲出去就好，其他的就不用去管他們。

「進攻方面，剛剛雅淑說得沒錯，辜友榮不是用之前方法就可以對付的人，可是你們忽略了一個非常重要的地方，那就是你們禁區的進攻能力是比向陽還要強的。

「除了辜友榮之外，向陽的大前鋒跟小前鋒根本不是你們的對手，逸凡剛剛輕而易舉就連續突破大前鋒跟小前鋒的防守，在最後一刻才被辜友榮擋下來就是最好的證明。動動你們的頭腦，想一下該怎麼樣才可以打爆向陽的禁區！

「不要把向陽跟我們之前遇過的對手相提並論，向陽真的很強。你們每一次防守、每一次進攻都要使出全力，不要去想保留體力，如果有這種想法馬上丟掉，在場上一定要盡全力拚！」

李明正話說完的瞬間，暫停時間結束，尖銳的哨聲響起，「暫停結束，兩邊球員上場。」

李明正大喊：「好，大家上場，去逆轉比賽！」

「是，教練！」先發球員齊聲高喊，昂首闊步地走上場。

高偉柏走到底線外，從裁判手中接過球，傳給李光耀。

李光耀穩穩地接住球，在運球過半場的同時思考李明正說的話。

沒錯，縱使向陽有著辜友榮這個強大的中鋒，但是整體的進攻能力，一定還是擁有高偉柏與魏逸凡的我們比較強，既然如此，關鍵就在於該怎麼讓他們兩個人發揮出影響力。

一想通這個道理，李光耀開了竅，加快腳步。

他知道現在場上的陣容當中，有一個關鍵人物可以發揮出禁區最大的威力，而他現在要做的，就是把球交給這個人。

李光耀舉起右手比出暗號，隊友們開始動了起來，而在楊真毅上中（註一），來到罰球圈頂端的時候，李光耀立刻把球傳過去。

啪！在楊真毅雙手接到球的瞬間，出現了響亮的聲音，李光耀傳球力道之大，甚至讓楊真毅雙手感到微微發麻。

楊真毅訝異地看了李光耀一眼，而李光耀對他大力點頭，讓他明白這個傳球的意思。

於是，楊真毅以左腳為軸心轉身面對籃框，極罕見地沒有觀察隊友的跑位，直接開始進攻！

楊真毅身體猛然一沉，下球往右邊切，小前鋒翁和淳立刻往後退，心想楊真毅如果繼續往禁區切，後面的辜友榮一定會幫忙，送給楊真毅一個大火鍋。

然而，楊真毅往前一個跨步之後，左腳用力一踏，身體往右跳，拉開與翁和淳之間的距離，收球，在他最喜歡的四十五度角位置跳投出手。

楊真毅的動作不在翁和淳的預料內，翁和淳的雙腳彷彿被釘在地上一樣，根本來不及跳。

楊真毅右手高舉，看著球完全按照他所希望般落在籃板上，彈入籃框之間。

楊真毅中距離跳投命中，成為光北高中第一個得分的球員，比數二比十。

李光耀用力拍手，大喊：「好，大家守一波，慢慢把比分追回來！」

觀眾席上的劉晏媜再次站起來，向自己的啦啦隊員示意，同時對學生加油團說：「你們聽我們的口號，跟我們一起喊，鼓手，準備！」

劉晏媜右手握拳，往下一揮，鼓手右手抓著鼓棒，往大鼓重重一敲，咚，低沉的鼓聲傳來，啦啦隊員大喊：「防守、防守、防守！」

隨著學生加油團加入啦啦隊的行列，觀眾席上發出的聲音越來越大，這時控球後衛林盈睿接過辜友榮的底線發球，把球帶過半場，指揮隊友跑位，目光始終注意著辜友榮，只要一發現辜友榮卡好位，他將毫不猶豫地馬上傳球過去。

辜友榮心裡冷哼一聲，樓上光北的學生真是有夠吵，不過你們就盡量鼓噪吧，反正只要我們得分之後你們就會閉上嘴巴！

辜友榮跑進禁區，把高偉柏卡在身後，高舉右手，林盈睿立刻把球傳過去，這個瞬間，魏逸凡跟李光耀馬上過去防守辜友榮，讓辜友榮一接到球就必須面對三人包夾，甚至連運球的空間都沒有。

小前鋒翁和淳高舉雙手，在左邊底角對辜友榮大喊：「球，這裡！」

辜友榮連忙把球傳了過去，包大偉放下自己原本防守的控球後衛林盈睿，大步衝向翁和淳。

翁和淳眼角餘光發現包大偉過來，立刻把球傳到林盈睿手上。

「我的！」李光耀大喊一聲，立刻從禁區衝出去，要阻止林盈睿弧頂的三分線出手。

然而，林盈睿一個投籃假動作把李光耀晃起來，運球往前跨了一大步，帶一步跳投出手。

糟糕，太大力！

「籃板球！」林盈睿知道這球一定不會進，連忙大喊提醒隊友。

禁區頓時擠成一團，雙方球員互相推擠卡位，球落在籃框後緣高高彈起，辜友榮與高偉柏同時往上跳，而憑著身高與手長的優勢，辜友榮拿下籃板球，已經想好落地後就立刻跳起拿分，不過當他想這麼做的時候，高偉柏冒險地右手用力往上一撈，把他手上的球拍到空中去。

辜友榮心裡暗罵一聲可惡，不過並沒有因此慌亂，馬上又跳起來要把空中的球抓下來，就在他即將拿到球的時候，他的視線裡突然出現了一隻手，直接把球拿走。

李光耀從外面助跑衝進禁區之中，硬是在辜友榮頭上把球拿下來，激起了觀眾的驚呼聲。

「快攻！」李光耀落地之後大吼一聲，馬上運球往前場衝。

包大偉反應最快，在李光耀抓下籃板球的瞬間就往前場衝，但是向陽不愧是被稱為乙級聯賽的王者，展現出快速的防守應變能力，兩名後衛林盈睿與溫上磊很快回防，陳信志與翁和淳兩個前鋒也拔腿狂奔，搶在李光耀之前回到後場。

向陽回防的速度太快，讓李光耀選擇停下腳步，其實現在辜友榮還沒有回防，李光耀有十足的自信可以自己一個人完成快攻，但是李明正已經很明確地跟他說過今天制約的內容，所以李光耀只能放棄快攻的念頭。

李光耀等待隊友全數過來後，高舉右手，「好，我們再打一波！」

在李光耀比出戰術的手勢之前，楊真毅很罕見地繞出禁區，在左側罰球線，舉手向李光耀要球。

「看來關鍵人物出現了。」坐在觀眾席上的苦瓜一改慵懶的模樣，身體微微向前傾，「來吧，就讓我看看你真正的本領。」

蕭崇瑜回過頭來，疑惑地說：「苦瓜哥，難不成你當初說的那個關鍵人物，指的是楊真毅？」

「我不知道他會不會是，但是我知道楊真毅是光北最被小看的球員，大家總是把焦點放在高偉柏跟魏逸凡身上，完全忽略國中聯賽時期可以主宰球賽的楊真毅。」

苦瓜看著接到球的楊真毅，「高偉柏跟魏逸凡外線跳投很不穩，現在只能靠楊真毅的中距離跳投，如果他手感好，那麼就算辜友榮的補防能力再強，都守不住在禁區外圍出手的楊真毅！」

在苦瓜說話的同時，場上的楊真毅運球往右切，不過翁和淳往後退擋住他的切入。

「球！」李光耀擔心楊真毅會掉球，連忙在三分線外舉起手大喊。

楊真毅卻沒有傳球，左腳煞車，迅速收球，以右腳為軸心往後轉身，後仰跳投出手。

翁和淳連忙跳起來要擋楊真毅，不過楊真毅出手的速度快了一拍，又用後仰跳投確保這一次投籃不會被影響到。

球劃過一道漂亮的拋物線，再次落在籃板上，彈入籃框裡。楊真毅中距離再次命中，個人連得四分，比數四比十。

謝雅淑整個人從椅子上跳起來，「楊真毅，好球啊！」

李光耀看著楊真毅投籃時充滿自信的模樣，也不禁喊道：「好球！」

觀眾席上的啦啦隊跟學生加油團頓時爆出激動的喝采聲，葉育誠對楊翔鷹說道：「會長，今天真毅表現的很強勢啊。」

楊翔鷹看著楊真毅跑步回防，腦海裡轉的都是剛剛楊真毅跳投得分的模樣，內心激動不已，一股名為驕傲的情緒流淌在心裡，嘴上卻說：「比賽剛開始而已，要維持下去才好。」

場邊，在球隊打出十比零的開局之後，顏書洋以為光北會跟以前他們遇到的對手一樣不知所措，只不過他們現在竟然回敬了一波四比零的攻勢，這讓顏書洋收起了小覷之心，看著回防的楊真毅，皺起眉頭，「楊真毅、楊真毅，這個名字好耳熟啊……」

場上，控球後衛林盈睿接到底線發球，把球帶過半場，比出戰術手勢。

得分後衛溫上磊空手往禁區切，小前鋒翁和淳跑出禁區，整個向陽高中開始積極跑動，球的傳導也加快非常多，讓光北的防守也跟著快速輪轉，以應付向陽的節奏。

在這種情況之下，光北沒辦法花費太多心思在辜友榮身上，向陽想要的也是這樣的效果，分散光北對辜友榮的注意力，讓辜友榮可以在禁區一對一單打。

在幾次切入禁區又傳出外圍的佯攻之後，控球後衛林盈睿認為時機已經成熟，接到傳球之後直接把球塞給辜友榮。

只不過，在辜友榮拿到球時，向陽預想中的單打畫面並沒有發生，魏逸凡跟楊真毅很快衝進禁區，與高偉柏合力包夾辜友榮。

辜友榮面對三個人的包夾防守，這一次沒有把球傳出去，選擇自己硬打，硬是下球，利用噸位把楊真毅頂開，做了一個投籃假動作把魏逸凡晃起來，第二下才跳起來出手投籃。

「少看不起人了！」在辜友榮即將出手的瞬間，高偉柏膝蓋彎曲，像是火箭升空一樣高高跳起來，紮紮實實地賞給辜友榮一個大火鍋。

「嘩啊！」觀眾席上頓時傳來了驚呼聲，向陽學生沒有想到辜友榮竟然會被蓋火鍋，而光北高中則是驚訝於高偉柏竟然能夠克服十公分的身高差距，擋下辜友榮的強攻。

從高偉柏手中飛出的球幸運地落在包大偉的手裡，包大偉很快把球傳給李光耀。

向陽立刻回防，不給光北快攻的機會，李光耀也沒有加快節奏的意思，雙手緊緊抱著球，確定向陽五名球員全數回防之後，把球帶到前場。

在這一波進攻，李光耀沒有任何猶豫，直接把球交給場上手感最火燙，在罰球線右側要球的楊真毅。

楊真毅再次拿到球讓向陽的防守緊繃起來，不過禁區裡還有高偉柏跟魏逸凡，讓辜友榮跟陳信志不敢貿然上前包夾，給了楊真毅單打翁和淳的機會。

楊真毅深吸了一口氣，自從國中畢業之後，他就沒有像現在這樣成為球隊的進攻重心了。

球隊裡有三個進攻能力比他還要強的球員，李光耀、高偉柏、魏逸凡，不管是比賽或者球隊訓練，他都不會是那個掌管球權的人，可是今天對向陽的情況卻不同，高偉柏跟魏逸凡受限於辜友榮，李光耀則是受限於李明正，讓他必須跳出來為光北拿分。

這種感覺讓楊真毅感到熱血沸騰，他也曾經是球隊的王牌球員，他也有非常強大的自信心，他也有以一己之力改變球賽的能力！

楊真毅轉身面向翁和淳，眼睛瞄了他一眼，身體猛然一沉，往右一個試探步之後，突然間拔起來跳投。

被楊真毅試探步晃開的翁和淳，心中叫糟，連忙撲上去，卻只能看著球從自己的指尖飛過。

翁和淳轉頭，看到球劃過一道彩虹般的弧線，在籃框中心落下，激起了清脆的唰聲。

楊真毅中距離再次命中，個人連續得了六分，翁和淳的防守在他面前有如虛設，比數六比十，觀眾席上傳來了激動的喝采聲。

看著楊真毅充滿信心的跳投，場邊的顏書洋突然靈光一閃，想起為什麼他會覺得楊真毅這個名字很耳熟。

「他不就是當初我們極力要招來的球員，那個曾經被認為是國中聯賽最有潛力的小前鋒，未來絕對能夠成為某間甲級球隊王牌的楊真毅嗎！？」

★

沈佩宜站在球館的門前，在路燈照耀之下，她看到自己的身影倒映在玻璃門上。

她的雙手放在把手上，臉上出現猶豫的神色，沒有推開門，轉身離去，但只踏出兩步，就又停了下來，嘆了一口氣。

沈佩宜鼓起勇氣，轉身面對玻璃門，右腳踏出去，身體頓了頓，腳步收了回來。

「小翔，你說我到底該不該進去看這場球賽？」

稍早時，沈家的餐桌上，一如往常，前任光北校長與他的寶貝女兒沈佩宜聊天，內容五花八門，不過只有一個話題永恆不變，那就是沈佩宜上課的情形。

其實沈佩宜還有一個哥哥跟姐姐，不過哥哥在台北上班，姐姐已經結婚，跟她先生一起在台中打拚，所以家裡只剩下沈佩宜一個人陪伴兩老。

雖然知道爸爸是出於關心，可是沈佩宜心裡還是不由自主地升起煩躁感，心裡想著如果哥哥跟姐姐在就好了，這樣爸媽至少不會把全部的注意力放在她身上。

沈佩宜隨口應付幾句，碗裡的飯才吃了一半，就以想要先休息為由離開餐桌，回到自己房間。

回到房間裡的她，把學生的考卷拿出來批改，才改了第一張，一股疲憊感衝擊身心，讓沈佩宜不禁放下手中的紅筆，從衣櫃裡拿出輕便的衣服，打算洗熱水澡提振精神。

只不過手要去開門的瞬間，沈佩宜遲疑了，因為她想起了那個她無比痛恨的楊信哲。

身兼導師、化學專任老師、籃球隊助理教練、啦啦隊召集人的楊信哲，深受學生的喜愛，而且在工作量如此龐大的情況下還可以把事情做好。

相較於楊信哲，自己的工作量少了數倍，現在竟然就已經疲憊不已，而楊信哲正在球館裡陪著球隊一起奮戰，沒有休息。

一股不服輸的感覺在胸口中燃燒，沈佩宜把衣服丟在床上，又坐回書桌前拿起紅筆，可是錯誤連篇的考卷讓沈佩宜眉頭皺起，挫折感隨即湧上心頭。

她明明已經這麼努力在教書，為什麼學生一點進步也沒有，到底是她不會教，還是學生根本沒有用心在聽她上課？

沈佩宜頹然地放下手中的紅筆，一股煩悶感在心中徘徊不去。

沈佩宜雙手蓋著臉，嘆了一口氣，拉開最下層的抽屜，拿出相框，看著那張總是可以讓她心裡湧現出複雜情緒的照片。

輕輕撫摸相框，沈佩宜小心翼翼地放進包包裡，走出門外，「爸，你車子可不可以借我一下？」

沈佩宜站在球館外，從包包裡拿出了相框，「小翔，你想要去看這場球賽嗎？」

沈佩宜看著照片，從口袋裡掏出了一塊十圓硬幣，「如果是人頭，就代表你想看，如果是反面，就代表不想。」

沈佩宜把十元硬幣放在大姆指上，用力往上一彈，不過不小心彈得太高，加上附近的燈光昏暗，硬幣被黑暗吞沒，沈佩宜一時看不到硬幣的蹤影，叮一聲，硬幣掉落在地，敲到一顆小石頭，一路滾到玻璃門前才停了下來。

沈佩宜快步走到玻璃門前，拿出手機開啟手電筒功能，發現了躺在玻璃門前面的硬幣，清楚地看到朝上的那一面，是人頭。

「既然你想看球賽，那我就帶你去，先說好，不是我想要看，是你想要看的哦。」沈佩宜把硬幣撿起來，推開玻璃門，一踏入球館的瞬間，彷彿要掀翻屋頂的歡呼聲隨即傳來，讓她嚇了好大一跳。

沈佩宜循著掛在天花板上面的指標，邁步走向籃球場。指標很快分岔成兩個方向，一個是往籃球場，一個則是往二樓的觀眾席。

走往觀眾席之前，沈佩宜先把相框放進包包，這才走上通往觀眾席的樓梯。走出樓梯口，映入眼簾的是穿著制服的向陽加油團，接下來才看到與之相比彷彿滄海一粟的光北學生。

沈佩宜緩緩地走向光北高中那邊，此時每一個人都注意盯著底下的球賽，完全沒有人發現她的到來。

沈佩宜站在走道上往底下一看，紀錄台上的計時器讓她知道她並沒有錯過太多，比賽才剛進行第一節而已，時間剩下三分三十七秒，比數是六比十二，向陽暫時領先六分。

接著沈佩宜把目光移向場上，看到李光耀把球帶過半場，指揮著隊友跑位，臉上那認真又專注的表情，跟上英文課的他判若兩人。

沈佩宜很快又注意到向陽的辜友榮，他的身高實在太過顯眼，光北最高的高偉柏站在他身邊完全矮了一截，從場上的身高差距跟落後的比分，沈佩宜這時才知道光北這一場比賽的敵人有多麼強大。

這時，光北把球交給三十三號楊真毅。

沈佩宜對楊真毅有印象，成績很不錯，而且是家長會長的兒子，在很多老師眼裡，楊真毅的未來有如一條康莊大道。

這讓沈佩宜感到好奇，這樣一個孩子，在籃球場上會有什麼表現？

而楊真毅很快就讓沈佩宜開了眼界。

楊真毅在罰球線右側接到球，身體一沉，下球往右切，往前跨步後立刻轉身，像是泥鰍一樣擺脫翁和淳，準備跳投出手。

大前鋒陳信志眼睛一亮，看到楊真毅收球，立刻從禁區撲上去，準備送他一個大火鍋。

然而，楊真毅眼睛看著陳信志，雙手一個地板傳球，巧妙地把球送給空手跑位的魏逸凡。

從底線溜進禁區的魏逸凡接到球，看了高偉柏一眼，讓辜友榮不敢上前補防，輕鬆地踏步上籃，替光北再要兩分。

比數八比十二，暫停過後，光北找到了自己的節奏，逐漸打出氣勢。

場邊，顏書洋看著回防的楊真毅，感到非常困惑，當初拒絕向陽高中的楊真毅，為什麼會出現在今年才剛創隊的光北高中？而且不只楊真毅，連魏逸凡跟高偉柏這兩個原本在甲級球隊的球員，現在都在光北高中，這個光北高中到底是有什麼魔力，竟然可以一次吸引到這三個球員？光北到底有哪一點比向陽還要好？

顏書洋把目光轉向李明正，心想，你又是何德何能，竟然能夠鎮得住這三名球員？

場上，林盈睿把球帶過半場，比出戰術暗號，向陽頓時動了起來，不過不管向陽隊怎麼跑動，光北始終把注意力集中在辜友榮身上。

林盈睿知道光北隊十分忌憚辜友榮，在這一波進攻反而不把球交給他，與陳信志、翁和淳、溫上磊聯手，先是把球塞給在籃底下的陳信志，與溫上磊同時空手切。

兩人跑到兩邊底角，陳信志把球傳給左邊的溫上磊，後者拿球比出投籃假動作，晃起包大偉。

溫上磊抓準機會運球往右切，閃過包大偉之後收球跳投出手，球彈框而入。

溫上磊帶一步跳投得手，比數八比十四，向陽又把比分拉開到六分。

沈佩宜觀察向陽這一波攻勢，從頭到尾都沒有把球交給場上最高的辜友榮，卻能夠順利拿分，光是這樣，沈佩宜就知道向陽是一支非常成熟的球隊，光北這一場比賽要贏，絕對不容易。

此時，觀眾席上有一名學生憋尿憋得受不了，起身要去上廁所，轉身見到沈佩宜站在樓梯口看著球賽，一開始還以為是自己看錯了，揉揉眼睛，發現真的是沈佩宜，興奮地大叫一聲：「老師！」

沈佩宜轉頭，發現班上的學生注意到自己的存在，臉色微微一紅，而葉育誠也被這一聲老師所吸引，抬頭一看，發現沈佩宜竟然來到現場，心裡大是訝異，不過在驚訝之餘，很快對沈佩宜招手，「沈老師，過來坐啊！」

既然被看到了，沈佩宜也無法拒絕，走下階梯，來到第一排最旁邊也是僅剩的位子，在坐下之後，沈佩宜認出旁邊這個穿西裝梳油頭的中年男子是家長會長楊翔鷹，主動打招呼道：「會長好。」

葉育誠立刻介紹沈佩宜給楊翔鷹認識，「會長，她是李光耀班上的導師。」

楊翔鷹揚起眉頭，對沈佩宜點了頭，露出笑意，「沈老師，妳好，班上有這麼樣的學生，很頭痛吧？」

沈佩宜臉上出現不知所措的表情，不知道該照實回答，還是簡單虛應一下。

讓沈佩宜鬆一口氣的是，楊翔鷹擺擺手，笑說：「別在意，說笑的。」注意力又放回球場上。

沈佩宜暗暗呼了一口氣，腦袋想著，梳著油頭的楊翔鷹本人，雖然臉上帶著笑，卻充滿了身居上位的霸氣，跟照片上的他完全不一樣。

而且，沈佩宜心裡有一個問題很想要問楊翔鷹。

——為什麼你願意讓楊真毅打籃球？

你不是掌管一家大公司的老闆嗎？通常你們這種人不是都會把小孩送到貴族學校或者國外念書，為什麼你會同意讓小孩參加籃球隊？

沈佩宜當然沒有真的把心裡的疑問說出來，跟楊翔鷹一樣，把目光投注在比賽上。

此時，李光耀帶球過半場，在外圍經過幾次快速的傳導之後，球再次到了楊真毅手裡。

李光耀完全看準了有高偉柏跟魏逸凡在場，向陽絕對不敢分出人手包夾楊真毅的心態，始終把球權交給他。

李光耀用堅定的眼神看著楊真毅，來吧，使出你的渾身解數，讓我看看你的厲害！

雙手拿球的楊真毅，覺得自己好像回到過去國中聯賽的時候，當時因為實力落差太大，所以球隊的戰術幾乎只有一種，那就是把球傳給他，把一切都交給他處理，因此他在國中聯賽時候的數據非常可怕，平均可以繳出二十五分八籃板五助攻的成績。

——那時的他，就是球場上的王者。

現在的楊真毅彷彿穿越時空，回到了無所不能的那個時候！

楊真毅下球往右切，對位防守的翁和淳連忙往後退，擋住楊真毅的切入。

楊真毅保持冷靜，收球就要轉身，翁和淳心想同一招別想甩開我第二次，左腳用力一踏，身體往右後方退，卻沒想到這只是楊真毅的轉身假動作。

晃開翁和淳的楊真毅，翻身跳投，眼睛專注地看著籃框，帶著絕佳的手感，再次為光北高中拿下兩分，第一節目前為止的命中率是驚人的百分百。

比數十比十四，光北追到僅僅落後四分。

場邊的謝雅淑不禁跳了起來，大喊道：「好球啊！」觀眾席上的劉晏媜也站起身來，指揮啦啦隊與學生加油團，增添光北高中現在高漲的氣勢。

「光北、光北、光北、光北、光北！」

始終安安靜靜坐著的楊翔鷹，看到楊真毅的表現，右手握起拳頭，心裡湧現出無比的驕傲。

葉育誠轉頭，這一次用的是比較親暱的稱呼，「學長，真毅那個翻身跳投，可真是乾淨俐落！」

楊翔鷹壓下內心的激動，淡淡地說道：「還算可以吧。」

旁邊的沈佩宜，眼角餘光發現楊翔鷹右拳緊握，知道他心裡一定非常激動，只不過強忍下來而已，畢竟就連許久沒在現場看球賽的她，剛剛都感染到現場的氣氛，心跳加速。

場上，林盈睿接過辜友榮的底線發球，快步過半場，而光北高漲的氣勢似乎激發了辜友榮的鬥志，讓他積極地在籃下卡位要球。

辜友榮眼裡似乎冒著一團火，對林盈睿表示——把、球、給、我！

辜友榮強烈的要球欲望連光北隊都感受得到，高偉柏與魏逸凡連忙靠過去，不讓他有接球機會，而林盈睿再度利用辜友榮強大的牽制力，把球傳給了小前鋒翁和淳。

翁和淳在罰球線右側面對楊真毅的防守，不甘心楊真毅在他頭上連續拿下八分，想要在這一波進攻討回來，果斷地運球往右切。

然而，自信心高漲的楊真毅，彷彿真的回到當初那個主宰全場的王牌球員，縱使身高上翁和淳有著些微優勢，不過他的切入卻被擋了下來，甚至連球都差點被楊真毅抄走。

翁和淳嚇到，連忙往後退，而楊真毅散發出來的壓迫性，讓他放棄單打的念頭，把球傳給弧頂的溫上磊。

因為辜友榮剛剛在禁區要球，光北防守圈縮得很小，溫上磊接到球的時候附近無人防守，也因為李明正交代不需要在左側四十五度角與底角之外的地方撲出去，光北隊就這樣放溫上磊出手三分球。

結果溫上磊這次出手力道過大，球落在籃框後緣彈了出來，光北知道這是他們追上比分的機會，高偉柏、魏逸凡、楊真毅積極卡位想抓下籃板球。

只不過，辜友榮在三人包夾下高高跳了起來，把本來要被高偉柏抓下的球往上一撥，落地後又迅速往上跳，就這麼在光北的三人包圍下搶下籃板球，落地時發出大吼聲：「喝呀！」

高偉柏、魏逸凡、楊真毅立刻貼上辜友榮，但辜友榮雙手用力往下一個運球，往籃下一頂，把高偉柏撞開後奮力拿球跳起。

高偉柏賭博性的下手拍球，但是卻拍在手上，哨聲響起，而辜友榮完全沒有受到影響，雙手用力把球塞進籃框之中。

砰！巨響傳來，裁判指著高偉柏喊道：「光北二十一號，打手犯規，進球算，加罰一球！」

震耳欲聾的歡呼聲從向陽的學生加油團傳來：「向陽、向陽、向陽、向陽、向陽、向陽！」這一記灌籃讓辜友榮的情緒得以抒發，落地後用力地大吼一聲，鬥志旺盛的他遲遲拿不到球，讓他憋了很久。

——三個人的包夾算什麼，我照樣在你們面前灌籃！

註一：進攻方的禁區球員跑到罰球線周圍的位置向外圍的後衛要球，稱之為「上中」。

第二章

與隊友一一擊掌後，辜友榮站到罰球線上，接獲裁判的傳球，做了兩次深呼吸，看著不遠處的橘紅籃框，眼神堅決。

不過，罰球一直都不是辜友榮的強項，這一球力道太小，球彈框而出，籃板球被魏逸凡抓下來。

辜友榮扼腕地拍了一下手，轉身快步回防，同時魏逸凡也把球傳給李光耀。

李光耀接球，看了紀錄台一眼，比數十比十六，第一節還剩下一分五十秒。

運球過半場的同時，李光耀心想，第一節結束之前至少要把比分追到四分差，否則第二節上場的人將承受非常可怕的壓力。

既然要追分，就要把球交給手感最火燙的隊友——楊真毅！

全場的人，不分教練、球員、學生，心裡都認定李光耀這一球還是會傳給楊真毅，可是偏偏，李光耀把球傳給了高偉柏。

李光耀看著高偉柏，剛剛才被辜友榮犯規進算，你現在一定很想討回來，就讓我看看你的實力能不能夠突破這十公分的身高差距！

就連高偉柏自己都沒有料到李光耀竟然會傳球過來，不可思議之餘，鬥志馬上隨之點燃。

高偉柏在籃框右側接到球，身體一矮，重心壓得極低，運球大跨步往禁區切，利用速度與爆發力彌補與辜友榮之間的身高差距，切底線，利用籃框當掩護，左手護球，右手輕柔地將球挑向籃框。

高偉柏速度極快，辜友榮來不及阻止，只能看著球滾進籃框裡。

高偉柏反手上籃得手，這波進攻光北只花不到十秒鐘的時間，比數十二比十六。

高偉柏一得分，觀眾席上的高聖哲立刻站起來，用力揮動手中的大旗，吆喝著：「兒子，好球啊！剛剛那一球太漂亮了！繼續加油！」

沈佩宜看到高偉柏的反手上籃，贊許式地微微點頭，在禁區這個狹小的範圍，要做出複雜的動作擺脫對手基本上不太可能，高偉柏利用籃框當掩護避免被蓋火鍋，是相當聰明的做法。

「沈老師，妳是這附近的人嗎？」這時，楊翔鷹突然開口。

沈佩宜微微吃了一驚，「不是。」

「下課之後還特地過來看學生比賽，妳真是一個認真的老師。」

沈佩宜沉默，她怎麼說得出自己是經過一番掙扎才過來的，而且她之前還是全光北高中最反對籃球隊的老師。

沈佩宜知道沉默不禮貌，正想虛應楊翔鷹時，楊翔鷹又問：「沈老師，妳看得懂籃球吧？」

「嗯，看得懂。」

「我就知道。」楊翔鷹露出笑容，「妳很認真看球，卻沒有跟後面的學生一樣，隨便一個傳球跟假動作就很激動，憑這一點我就知道妳懂籃球。」

沈佩宜扯了一個謊，「之前念大學的時候，身邊很多人都有在看籃球，我偶爾也會跟著大家一起看，所以稍微看得懂。」

為了不讓楊翔鷹繼續在這個話題上打轉，讓她回想起悲傷的過去，沈佩宜轉移話題，「會長，真毅球打得很好呢。」

沈佩宜說話的時候，楊真毅差點把向陽的傳球抄走，不過溫上磊整個人撲到地面上救到球，馬上傳給林盈睿。

楊翔鷹嚴肅道：「個人表現再好，球隊輸了就一點意義也沒有。」

好嚴格的父親啊，沈佩宜心想。

場上，林盈睿把球塞給了禁區的大前鋒陳信志，後者巧妙地做了傳球假動作，支開了魏逸凡，挑籃出手。

也不知道是不是魏逸凡的存在感太強烈，陳信志這一次空檔出手竟然沒有進，球從籃框上滾了出來。

「籃板球！」謝雅淑在場外大喊，一臉激動，但是這樣的情緒很快消失，因為她看到一道龐大的身影再次升空。

辜友榮高高跳起來，甚至沒有把球抓下來，直接把球往籃框一撥，球在籃框裡彈了幾下，最終還是進了。

辜友榮補籃得手，比數十二比十八，雙方差距又回到六分，比賽時間剩下一分鐘。

落地之後，辜友榮舉起右臂，繃緊肌肉，望著謝雅淑，眼神似乎是在對她說，抱歉，籃板球什麼的，光北一旁吃癟吧！

謝雅淑被辜友榮氣得牙癢癢的，偏偏她沒有辦法上場，只能在場邊生悶氣。

「面對這種中鋒，真的很難打。」楊翔鷹看著辜友榮又開始肆虐禁區，微微皺起眉頭。

「籃板球搶不下來真的影響太大了。」沈佩宜說道。

「就看光北這裡可不可以適時回應了。」楊翔鷹微微點頭。

就在李光耀把球帶過半場的同時，沈佩宜鼓起勇氣問：「會長，真毅今年也高三了吧？」

「是，沒有錯。」

「明年一月底的學測就快要到了，會長你不擔心打籃球會影響到真毅嗎？」

「如果沈老師指的是學業的部分，我確實會擔心，事實上也是有影響，可是真毅是一個很清楚自己要什麼的孩子，所以我尊重他的決定。」

場上，楊真毅在罰球線左側拿到球，再次面對翁和淳的防守，而溫上磊發現包大偉從頭到尾沒有持球進攻過，認定包大偉的進攻能力一定很差，大膽地過去包夾楊真毅。

楊真毅沒有等包夾到來，加快進攻節奏，下球往左邊切，翁和淳知道楊真毅的意圖，努力往左後方退，擋下了楊真毅的切入。

翁和淳心想，只要逼你把球傳出去，光北隊就沒輒了！

然而楊真毅彷彿鐵了心要出手，切入被擋下後直接收球，眼睛瞄向籃框，拿球就要投籃。

翁和淳以為楊真毅要在包夾到之前趕快出手，連忙跳起來要封阻他，沒想到這只是楊真毅的假動作，當翁和淳暗叫糟糕，身體在空中縮起想要躲犯規，楊真毅卻跳起來，主動製造身體接觸，同時把球往籃框丟。

場邊頓時傳來尖銳的哨音，全場人看著往籃框飛的球，見到它落在籃框後緣高高彈起，然後在籃框與籃板之間來回彈跳，最後滾進籃框裡。

「向陽十二號，阻擋犯規，進球算，加罰一球！」

「嘩！」現場頓時傳來如雷的喝采聲，光北的啦啦隊與加油團因為楊真毅的表現再次發狂。

被撞倒在地上的楊真毅握緊雙拳，高偉柏與魏逸凡馬上衝到他面前，伸手把他拉了起來，

「好球！」

謝雅淑更是在替補席又叫又跳，「楊真毅，好球啊！讓向陽知道你的厲害，打爆他們！」

楊真毅的進算加罰讓光北這一邊完全沸騰起來，當中最冷靜的反倒是楊真毅本人，默默地走

到罰球線，準備執行罰球，而他的表現引來了向陽加油團的不安，在其中一個人大喊投不進之後，漣漪效應發作，五百人開始大喊：「投不進、投不進、投不進、投不進、投不進！」

只不過，楊真毅彷彿沒聽到海嘯般的大吼聲，接過裁判傳球後，穩穩地按照平常的節奏，唰的一聲，完成三分打，幫助光北再次追近比數，十五比十八，第一節比賽還剩下四十秒。

這時，楊翔鷹問：「沈老師，有一件事我想要請教妳。」

「是，會長你請說。」

「妳支持學校成立籃球隊嗎？」

沈佩宜沉默，她不知道該不該在楊翔鷹面前說實話。

「沒關係，說吧。」

沈佩宜於是深吸一口氣，微微搖頭，「我不支持，因為我認為學生的本分就是讀書，不該去打籃球，而且台灣的運動環境太差，未來要靠籃球生活幾乎是不可能的事，為了孩子著想，把籃球當作消遣可以，但是成立籃球隊參加比賽就有點太超過了。」

「即使如此，沈老師妳還是到現場看學生打球了。」楊翔鷹面露微笑。

「其實妳的觀點十分正確，台灣的運動環境太差了，年輕人要往這條路走真的很冒險，而且運動這個領域非常殘酷，打不出好成績或者受了傷，都可能讓好幾年的努力白費掉。以大人的角度看籃球隊，我想很少有人會反駁這個論點。」

沈佩宜鬆了一口氣，這個家長會長是一個明理的人，不過沈佩宜又疑惑了，既然你都這麼想，為什麼你會允許真毅加入籃球隊？

沈佩宜並沒有把心裡的話說出口，然而楊翔鷹似乎看穿沈佩宜心中的疑惑，繼續說道：「只不過小孩看事情的角度往往跟我們大人不一樣，他們就是很單純地喜歡籃球而已，沒有想太多。」楊翔鷹笑了，眼角的魚尾紋皺了起來，「我很羨慕他們，出社會多年的我，已經沒辦法回到他們這種純真的時候了，偶爾我會思考一個問題，長大成人究竟是好事還是壞事？

「沈老師，我之前也是光北高中的學生，當時，光北有一個叫做李明正的學生說要組籃球隊，這個學生現在站在底下，是光北隊的執行助理教練。那時候的校長非常嚴格，大家都以為李明正瘋了，沒想到這一個瘋子似乎具有某些特別的魔力，竟然吸引了一群人加入他的行列，現在的校長葉育誠，旁邊那個拿旗子的高聖哲，還有同樣站在下面，球隊的總教練吳定華，都是當初被李明正吸引的球員。而李明正也不知道施展了什麼魔法，竟然讓校長答應他的請求，當時的我也是一個喜歡打籃球的毛頭小子，很想要參加籃球隊，可是家庭狀況出問題，讓我必須放棄打籃球這個夢想。

「李明正、高聖哲、葉育誠、吳定華，他們在光北隊打球的時光是如此珍貴，已經到了無法用錢財衡量的地步，所以儘管我有這麼多錢，我卻買不到他們共同擁有的回憶。運動這一條路有多麼難走，我相信底下那一群努力打球的球員一定比我們更了解，就算我們可以預見他們大部分的人會失敗，可是他們依然拚了命地想要靠努力突破困境。比起我們這些只會叫他們放棄的大人，他們在球場上拚命的精神不是更值得學習嗎？

「沈老師，我會支持真毅打球，是因為我希望他在最純真的歲月留下最珍貴的回憶，更希望他在籃球場上可以學到書本以外的精神。我相信他在籃球場上可以學到很多東西，籃球也可以是一種教育。」

沈佩宜默然，楊翔鷹又說：「沈老師，高中時我家裡發生一些比較不好的事，那時候我的班導師幫助我很多，因為這位老師，我得以度過人生最艱難的時期，至今我還是非常感謝他，所以也讓我對老師這份職業有特別的好感，不管是在哪一種場合遇到當老師的人，總會變得特別多話，真是不好意思。」

沈佩宜搖搖頭，輕聲說道：「沒關係。」

這個時候，尖銳的哨音響起，吸引了楊翔鷹與沈佩宜的注意力。

只見辜友榮龐大的身軀躺在地板上，裁判指著高偉柏，「光北二十一號，推人搶球！」

這一個吹判，讓高偉柏在第一節快結束前，吞下了個人第二次犯規。

★

叭！低沉的聲音響起，第一節比賽結束，比數十七比二十。

在第一節比賽結束之前，楊真毅利用個人單打能力吸引補防，在狹小的人縫中把球傳給魏逸凡，讓魏逸凡空檔輕鬆打板得分，幫助球隊把原本雙位數的落後，縮小僅僅三分差，不過下場的時候，沒有人開心得起來。

因為在這一波攻勢之前的防守，高偉柏在魏逸凡成功影響陳信志的跳投之後，本想把籃板球抓下來，卻發現辜友榮死死卡住他，為了搶下籃板球，他賭博式的用力推了辜友榮一下。

然而，辜友榮順著高偉柏的手，整個人往地上一倒，吸引了裁判的注意力，底線跟邊線的裁判哨聲同時響起。

「光北二十一號，推人搶球！」

這個犯規讓站在場外的李明正眉頭皺起，心裡感受到危機，高偉柏如果深陷犯規麻煩，這一場比賽會變得更危險，因為高偉柏是球隊裡，唯一一個可以在防守端影響辜友榮的球員。

只不過現在受限於犯規麻煩，如果高偉柏繼續積極地防守辜友榮，一個不小心又被吹犯規的話，在上半場就吞下三次犯規的他，會讓光北處境變得非常艱難。

李明正心裡的憂慮馬上成真，犯規之後的邊線發球，向陽馬上把球塞給辜友榮，後者禁區強打輕鬆得手。

球員下場後，李明正很快說道：「大偉，你上半場辛苦一點，我們光北的防線需要你，第二節你繼續上。」

包大偉拿著毛巾抹去臉上的汗水，他在防守端拚命跑動，幾次打亂了向陽在外圍投射的節奏，跟高偉柏一樣是光北的隱形功臣。

「是，教練。」

「光耀你休息，傑成上。」

剛剛在板凳區看著隊友在場上奮戰，早已迫不及待的詹傑成，精神抖擻地說道：「是，教練！」

「偉柏，你現在身上有兩次犯規，第二節先下場休息。」

「是，教練。」

「麥克，等一下你頂偉柏的位置。」

麥克緊張地點頭。

「逸凡，真毅，這一場比賽你們辛苦一點，第二節攻防兩端都要靠你們。」

魏逸凡與楊真毅異口同聲地說道：「是，教練！」

陣容調配完成之後，李明正開始下達戰術，「按照向陽前幾場比賽的陣容配置，等一下韋友榮應該會下場兩到三分鐘，大家要好好利用這短暫的時間，這將是我們的大好機會。

「傑成，等一下有機會就把球塞給真毅或逸凡，讓他們打禁區——沒有辜友榮的禁區。」

「是，教練！」

「不過向陽一定也會特別提防我們這麼做，所以你還有一件很重要的事要做，如果禁區沒有機會，你在外圍拿到球要果斷地出手投籃，大偉你也是，我不在乎你們有沒有把球投進，我在乎的是你們有沒有出手，只要你們在外線出手投籃，就會對向陽的防守圈造成一定的影響，也會讓真毅跟逸凡在禁區裡更輕鬆一點。」

「是！」

「麥克，注意聽好，等一下你上場的工作很簡單，但是對於球隊來說非常重要！第一，搶籃板球，不管是進攻或防守籃板都盡全力去搶，一顆都不要放過！

「第二，防守，如果你發現有人切進來，只要想著把他們出手轟出界外就好。」

麥克緊張地點頭如搗蒜，剛剛在場下看著第一節比賽過程，深深了解到向陽的強大，讓即將上場比賽的他感到緊張不已，還沒有上場就已經開始流汗，只不過流的是冷汗。

麥克眼睛左右游移，這一場冠軍賽這麼重要，如果輸了所有的努力就白費了，真毅學長已經高三了，他第一節表現的這麼拚命這麼好，如果因為我表現差拖累球隊，不就是間接摧毀真毅學長的努力嗎?而且這一場比賽攸關光北可不可以拿下前往甲級聯賽的門票，錯過這一次不知道還要再等多久，如果因為我在場上表現不好讓光北輸了，大家肯定會非常失望。逸凡學長跟偉柏學長如果要到別的球隊打球，一定很快就可以找到願意招納他們的學校，可是他們卻留在光北，這場比賽要是輸了，他們也等於在光北浪費一年的時間，一定會影響到他們未來的籃球生涯，我不想害他們……

我該怎麼辦?我上場只會拖累球隊，不然跟教練說我身體不舒服不要上場算了，可是如果我不上場，偉柏學長已經有兩次犯規了，再讓他上場也很危險，不過偉柏學長這麼強，他一定有辦法應付這種場面，對，他一定可以應付這種場面，我只會搞砸比賽，讓校長、教練、李光耀、逸凡學長、偉柏學長、真毅學長、包大偉、詹傑成、雅淑學姐、王忠軍、幫我們加油的啦啦隊失望，我不想讓大家失望啊……

就在麥克胡思亂想，把自己逼到黑暗角落的時候，突然間一個大手放在他肩膀上，瞬間把他拉回現實世界之中。

麥克轉頭一看，見到李光耀如同陽光般溫暖的笑臉，「麥克，不用怕，你有沒有發現我這個全台灣最強高中生剛剛在場上完全沒有出手，你看現在的比數，我們只落後三分，代表向陽根本就沒有那麼強嘛，他們完全不值得你緊張，來，你先回想一下你平常練習最多的項目是什麼？」

麥克吞了一口口水，聲音顫抖地說：「卡位搶籃板球。」

「卡位是怎麼卡位？」

麥克腦海一團亂，為了讓自己專心思考這個問題，麥克閉上眼睛，努力回想起平常練習的內容，「判斷球的落點，轉身面對籃框，重心放低，把對手擋在自己身體後面，雙手往後擋，減少對手的起跳空間，用力跳起來，球抓下來之後不要慌張，處理球不要急，先把球保護好再看附近有沒有隊友可以傳球，注意看是不是有人要趁亂抄球，確定安全再把球傳給隊友。」

李光耀滿意地摸摸麥克的頭，「說得很好嘛，代表你真的很努力練習，而且別忘了你還有非常可靠的隊友在啊，你在場上不是孤軍奮戰，我們是一支球隊，你在場上絕對不是一個人在面對向陽。」

謝雅淑站了起來，走到麥克面前，「李光耀說得沒錯，你不是一個人，你還有我們！」

魏逸凡說道：「麥克，別擔心，有我在。」

楊真毅馬上說：「大家都會幫你，你專心搶籃板球就好，說到搶籃板球，我可以保證就連辜友榮都比不上你。」

黑暗，退散。

麥克胸口被溫暖填滿，而這一股溫暖的名字是，勇氣。

這時，休息時間只剩下十秒鐘，李明正最後提醒，「向陽待會很有可能換上矮小的後衛，加快攻守轉換的節奏，等一下防守端要特別注意到這一點。

「防守要說話，補防要快，這場比賽向陽的壓力比我們更大，把他們節奏打亂，你們一定會贏。」李明正再次強調，「記住，你們是最強的。」

嗶！尖銳的哨音響起，休息時間結束，裁判示意兩邊球員上場。

李明正大聲喝道：「好，上場享受這場球賽吧！」

「是，教練！」

就如同李明正所預料，向陽第二節比賽的陣容有所調整，林盈睿與溫上磊下場休息，上場的是身高較矮的九號石祐誠與七號張國良，辜友榮同樣也下場休息，換上替補中鋒，三號羅士閔。

第二節一開始，球權掌握在光北隊手裡，麥克從裁判手中接過球，中線發球，傳給詹傑成。

啪的一聲，詹傑成接到球，感受到球皮的顆粒，腦袋開始運轉。

第一節真毅學長表現很出色，可是這一節不能繼續這麼倚賴他，體力消耗會太大，一定撐不到第四節，而且向陽接下來一定會加強對真毅學長的防守，偉柏學長又下場休息，麥克沒有進攻能力，向陽在第一節最後也開始故意不去防守大偉，顯然是看出他不擅長進攻。

詹傑成把球帶到前場，心想，教練，這也太難了吧。

詹傑成很快發現自己沒有多想的空間，因為石祐誠突然衝上來貼身防守，而張國良則是沉退到罰球線的位置，只要詹傑成把球傳給楊真毅或魏逸凡，他就可以馬上跟禁區的隊友合力包夾。

李明正看著向陽的防守，心想，顏總教練，你還真是大膽，竟然完全放棄外圍的防守，擺明就是不想要我們把球塞到禁區是吧。

詹傑成一邊擋住石祐誠，一邊指揮隊友跑位，叫禁區的隊友拉開距離，應對向陽縮小的防守圈。

詹傑成把球傳給右邊側翼的包大偉，後者接到球時完全沒人防守，張國良動也不動，擺明就是放包大偉投也無所謂。

外線跳投一直都不是包大偉的強項，有四名向陽球員在的禁區也不是他敢切進去的地方，不知道該怎麼辦的他很快把球傳回給詹傑成。

只不過，球脫手的一瞬間，包大偉暗叫糟糕，這一球他傳得太大意，沒發現石祐誠還在詹傑成附近，幾乎像是把球傳給石祐誠一樣。

石祐誠右手一伸，直接把球抄走，身高只有一百七十五公分的他，展現出過人的速度，運球往前衝，詹傑成完全跟不上，只能眼睜睜看他上籃拿分。

第二節向陽率先得分，比數十七比二十二。

場外的謝雅淑忍不住站起來，雙手叉腰，「包大偉，教練剛剛說的話你這麼快就忘記了！空檔出手啊，怕他啊！籃下有麥克幫你搶籃板球，你儘管投就對了！」

顏書洋聽到謝雅淑的聲音，臉上不禁浮起一絲笑容。

儘管投就對了？別傻了，你們的弱點已經完全曝露出來了，只要封死你們的禁區，你們就像是一隻待宰的羔羊。

場上，詹傑成拿球踏出底線外，傳給過來接應的包大偉，包大偉沒有接球，右手把球直接拍回給詹傑成。

兩人一起快步過半場，發現向陽跟剛剛一樣縮小防守圈，除了上前防守的石祐誠之外，其他人都站在罰球線以內的範圍。

詹傑成暗自咬牙，向陽做得這麼絕，讓他跟包大偉承受龐大的壓力，如果他們兩個人沒辦法在外線發揮的話，第二節球隊只有任向陽宰割的份而已。

「球！」楊真毅也看出情況險峻，不想坐以待斃的他，從禁區跑到右側三分線要球。

詹傑成立刻把球傳了出去，不過接到球的楊真毅，馬上面對翁和淳與張國良的包夾。

兩人張開雙手，一左一右守住楊真毅，不讓他有進攻的機會，但是楊真毅的目的並不是持球單打，而是要拉開向陽的防守圈，讓禁區別那麼擁擠。

然而，就在楊真毅準備傳球給魏逸凡的時候，他看到一個驚人的景象，原本在外圍防守的石祐誠，竟然退到禁區。

向陽，竟然完全棄守外圍！

楊真毅萬萬沒想到向陽會如此大膽，無可奈何之下，把球傳回給無人防守的詹傑成。

詹傑成在弧頂三分線外接到球，而沉退到禁區的石祐誠動都沒動一下，根本沒打算上前防守，眼神甚至透露著，趕快投，我們等著搶籃板！

詹傑成暗罵一聲可惡，硬是拔起來出手投籃，可是在缺乏信心的情況下，這一球當然沒有進，落在籃框後緣彈了出來，讓在禁區努力卡位的球員都做了白工。

彈出的球筆直飛向詹傑成，詹傑成心想這是一個大好機會，連忙衝向前要拿球，然而張國良也衝了過來，速度比詹傑成更快，把球往上一拍，讓球高高越過詹傑成頭頂。

張國良邁步往前場衝，在中線的地方追到球，包大偉急速回防，但是卻追不上張國良，只能從後面看他上籃拿分。

向陽快攻再次得手，第二節比賽進行不到一分鐘，向陽連得四分，將比數拉開到十七比二十四。

連續兩次快攻得手，讓向陽的學生加油團爆出轟雷般的喝采聲浪：「向陽、向陽、向陽、向陽、向陽、向陽、向陽！」

觀眾席上，蕭崇瑜面露憂慮地說：「才覺得光北找到節奏，有機會把比數壓過去而已，比數又馬上被拉開了，李明正也該喊個暫停或換人了吧，不然向陽這個戰術根本就把光北吃死死。」

苦瓜對此嗤之以鼻，「換人？現在光北板凳區有誰可以換上來？兩次犯規的高偉柏？防守能力比詹傑成更差的王忠軍？還是不見棺材不出手的李光耀？」

「可是至少喊個暫停吧，第一節李明正也有喊暫停，暫停回來之後立刻就把比分追上了。」

苦瓜露出不耐煩的表情，「那是被打出十比零的攻勢才喊的暫停，向陽現在才得四分，還不到緊張的時候，你不用替光北擔心，李明正會派出這樣的陣容一定有他的理由在。」

場上，包大偉底線發球給詹傑成，連續兩次被向陽快攻得手，詹傑成與包大偉肩膀上的擔子變得更重了，只要他們兩個沒辦法在外圍得分，那麼向陽就會繼續有恃無恐地把防守圈縮到最小，封死他們的禁區。

這一瞬間，詹傑成與包大偉覺得光北的命脈就繫在他們手上，從參加丙級聯賽以來從未面臨過真正危機的兩人，心臟開始劇烈跳動，手腳發冷，這一刻，他們終於體會到剛剛麥克上場前感受到的恐怖。

會輸！

這兩個字同時出現在詹傑成與包大偉心裡，恐懼感蔓延開來，讓兩人失去了平常的判斷力與冷靜。

運球過半場的詹傑成，竟然在弧頂三分線外一步的地方突然拔起來跳投出手。

顏書洋臉上再次露出笑意，光北慌亂了，還以為光北會是一支更難纏的球隊，沒想到這麼快就開始自我毀滅了。

缺少信心的出手，讓這一顆球落在籃框前緣彈出來。

這一瞬間，詹傑成跟包大偉兩人已經回頭準備回防，沒辦法把球投進，至少也要守下向陽的進攻。

向陽全部的球員都擠在禁區裡，中鋒羅士閔、大前鋒陳信志、小前鋒翁和淳、得分後衛張國良、控球後衛石祐誠，所有人齊心合力準備搶下這一顆籃板球。

顏書洋心裡認為這一節比賽已經沒有讓辛友榮上場的必要，又或許……

這一場比賽，辛友榮都不需要再上場了。

然而，正當顏書洋準備坐到椅子上，好整以暇地迎接向陽邁向冠軍的時候，現場出現了讓他嘴巴不禁微微張開的畫面。

在人擠人的禁區，裡面甚至有三個超過一百九十公分的向陽長人的情況下，光北那個黑人竟然以他此生見過最誇張的彈跳速度與爆發力，在人群之中把這一顆籃板球抓下來！

麥克雙手抓到球，發現手還在籃框上面，心想禁區裡向陽的球員實在太多了，落地之後一不小心球可能會被抄走，還是直接得分比較安全，於是小心翼翼地將球「放」進籃框裡。

見到麥克的放籃，苦瓜突然開口問道：「你知道乙級聯賽目前的籃板王是誰嗎？」

蕭崇瑜露出茫然的表情。

苦瓜手指著場上，「麥克。」

麥克替光北中止這一小段得分乾旱期，比數十九比二十四，差距回到五分。

謝雅淑整個人從板凳上跳了起來，她知道麥克這一顆進攻籃板跟兩分有多麼重要，對麥克大喊：「麥克，好球啊！」

觀眾席上的院長看到麥克表現，從椅子上站起來拍手，雙手放在嘴巴上大喊：「好球！」

除了院長之外，葉育誠、高聖哲、楊翔鷹、沈佩宜等人都看出麥克這一個籃板球的重要性，葉育誠站起來跟著院長一起喝采，高聖哲更是揮舞手中的大旗子，加油聲音非常高亢。

劉晏媜看到前排的校長都起身幫球隊加油，也站起身來，帶領所有人大喊：「光北、光北、光北、光北！」

場上，石祐誠把球帶到前場，加油聲浪對他完全不造成影響，面對詹傑成的防守，重心壓低，一個跨步就擺脫他，像是一把刀一樣切入禁區。

楊真毅知道這兩個後衛速度很快，早就有所提防，放下自己盯著的翁和淳，擋在石祐誠的進攻路線上。

石祐誠沒有勉強出手，把球往外圍傳，張國良在右邊邊線接到球，眼睛瞄籃，拿球往上比了一個假動作，不熟悉張國良的包大偉跳了起來，卻讓張國良逮到機會往禁區切。

防守出現缺口，讓光北的防線必須做出輪轉，這種時候最是考驗一支球隊的防守默契與能力，而麥克在搶下進攻籃板與得分之後，找到了一絲自信，知道現在正是球隊需要他的時候，高舉雙手，站在禁區裡，展現出籃框守護神的魄力。

也不知道張國良是不是被麥克嚇到，在切到禁區前突然煞車，轉身就要往外圍移動，經驗不足的麥克頓時鬆懈下來，而張國良右手往後一勾，背後似乎長了眼睛般把球精準地傳給羅士閔。

麥克完全沒料到張國良會傳球，根本來不及反應，只能眼睜睜看著羅士閔從另一邊切進籃下後，收球上籃。

只不過，就在羅士閔出手的瞬間，一隻大手突然從後面出現，直接把他手上的球釘在籃板上，抓下來。

現場頓時傳來一陣嘩然聲，魏逸凡抓準羅士閔的出手時機，刻意大聲吼道：「禁區不是你們該來的地方！」

這瞬間，包大偉頭也不回地往前場跑，魏逸凡右手拿球往後一拉，就想把球甩到前場，不過羅士閔反應很快，站到魏逸凡面前揮舞雙手，阻擋他的視線與傳球路線，張國良與石祐誠同時也快步回防，讓包大偉這一次的偷跑以失敗收場。

謝雅淑在場外用力拍手，「沒關係，穩紮穩打，不急！」

魏逸凡於是把球傳給詹傑成，後者運球過半場，場邊的顏書洋雙手交叉放在胸前，眉頭微微皺起。

才覺得光北完蛋而已，竟然就展現出這種韌性，算了，畢竟是魏逸凡，這種精準的判斷力才不失他甲級的水準。

顏書洋看著場上的形勢，告訴自己向陽還是有著絕對的優勢，光北的表現只是曇花一現，不足為懼，但是顏書洋心裡卻浮現出了一股煩躁的不安感，而這個感覺，隨即變得更強烈。

詹傑成看到麥克站在籃底下，腦中回想起他剛剛驚人的進攻籃板，心裡的害怕與猶豫頓時消失。

我有一個這麼會搶籃板球的隊友，根本不用擔心球投不進，麥克一定會幫我把籃板球搶下來！

詹傑成在弧頂三分線外一步的地方停下腳步，瞄籃，收球，跳起，投籃。

球劃過一道彩虹般的美妙拋物線，落在籃框之間，激起了一道清脆的聲音。

唰！詹傑成三分球進，比數二十二比二十四，雙方差距兩分，這是比賽開打以來，雙方比數最接近的一刻。

第三章

看著詹傑成的三分球應聲破網，站在場外的向陽總教練顏書洋嘖了一聲，眉頭微微皺起。光北還真是難纏，第一節楊真毅跳出來就算了，現在竟然出現兩個聽都沒聽過的球員。

顏書洋看向板凳區，大聲喊道：「友榮，上場，換和淳下來！」

辜友榮扯掉身上的毛巾，站起身來，「是，教練！」

那高大的身影立刻成為眾人的目光焦點，尤其當他走到紀錄台申請換人時，球場上的氣氛頓時有所改變。

光北上漲的氣勢被辜友榮強大的氣場給壓制，雖然還沒有上場，但是辜友榮強大的存在感已經讓光北場上五人備感威脅，尤其是即將要與辜友榮正面交鋒的麥克。

場上，石祐誠接到隊友的底線發球，發揮速度，很快把球帶到前場，沒有給光北喘口氣的時間，馬上發動攻勢，針對詹傑成攻擊，壓低重心從詹傑成懷裡鑽過去，再次擺脫他的防守。

楊真毅補防馬上過來，石祐誠眼睛往右瞄，看向楊真毅原本防守的小前鋒翁和淳，做了一個傳球假動作，讓楊真毅退回翁和淳身邊後，踏步上籃。魏逸凡在一旁虎視眈眈，在石祐誠收球起跳的瞬間，雙手舉高跳了起來，完全抓準了石祐誠的出手時機。

然而，石祐誠支開楊真毅，吸引魏逸凡補防的時候，眼睛就已經瞄到空檔的陳信志，把魏逸凡騙到空中之後，右手隱密地把球塞給陳信志。

魏逸凡心中叫糟，轉頭看到陳信志接到球就要跳起，心中閃過不好的預感。

不過就在陳信志跳起，準備把球打板投進時，他的世界裡突然出現了一片黑雲。

麥克一看到陳信志要投籃，想也沒想，一個跨步回到禁區裡，立刻跳起，那驚人的彈跳速度，讓麥克身體瞬間抵達頂點。

麥克的身體素質之強，即使比陳信志晚跳，卻能夠從後追上他，看著陳信志舉起的球，右手用力往下一拍。

啪！

麥克這一個火鍋力道之大，竟然發出了響亮的聲音，觀眾席上不分向陽、光北，所有人情不自禁地張大嘴巴，整座球館為之嘩然。

看著麥克打飛的球，場上頓時陷入爭搶之中，包大偉離球最近，奮力往前衝，見到張國良也衝過來，心一橫，直接往前一撲，把球抱在手中，整個人跌到地上去，張國良不肯就此放棄，整個人幾乎是撲到包大偉身上要搶球，雙手抱住包大偉手中懷裡的球，兩個人在地上扭成一團。

嗶！

尖銳的哨音響起，裁判手指著張國良，大聲喊道：「向陽七號，打手犯規！」

張國良不敢置信，從地上跳起來，雙手豎起大姆指，做出爭球的手勢，「裁判，剛剛是爭球吧？」

裁判搖頭，一邊對紀錄組比出犯規的手勢，一邊解釋道：「你犯規了，剛剛光北已經先掌握球權，你過去搶球有犯規動作。」

「可是……」張國良還想爭論，場上隊友知道張國良個性比較衝動，連忙過去拉住。

「阿良，沒關係，你搶球搶得很漂亮！」

「我們要冷靜，現在光北把比分追上來了。」

「接下來討回來就好，別太執著在這一次犯規上。」

在隊友的安慰下，張國良忿忿不平的情緒很快緩解，而因為他這一次的犯規，紀錄組宏亮的笛聲響起，裁判大聲喊道：「向陽，換人！」

坐在紀錄台前方的辜友榮，站起身來，手指著翁和淳，充滿自信地邁步走上場，翁和淳則是走下場。

兩人身影交錯的瞬間，翁和淳拍拍辜友榮的肩膀，說道：「交給你了，友榮。」

辜友榮給了翁和淳一個自信萬分的笑容，「放心吧，我一定會把你們帶到甲級聯賽的。」

辜友榮走到隊友面前，拍拍張國良的頭，「小良啊，犯規犯得好，知道我已經等不及要上場了，所以故意犯規，嗯，我喜歡。」

辜友榮眼睛掃視自己的隊友，露出一股惡作劇般的笑容，「看來你們被那個黑人整得很慘啊，籃板球搶不贏他，還被他蓋了一個大火鍋，你們之前還一直想否認，你們看，現在事實證明了你們就是不能沒有我。」

辜友榮張開雙手，「好啦，我現在上場，大家不用怕了，都已經努力這麼久，應該已經做好準備了吧。」

羅士閔搞不懂辜友榮的意思，「學長，你說的是要準備什麼戰術嗎？」

辜友榮哈哈大笑，眼中閃過無比的自信，「不是戰術，而是準備好拿下冠軍！」

觀眾席上，蕭崇瑜拍下辜友榮自信神情之後，放下手中的相機，發現苦瓜的表情十分沉重。

「苦瓜哥，你怎麼了？」

「顏總教練很厲害，竟然在這種時候把辜友榮換上場，這下子光北皮就要繃緊一點了。」

「為什麼現在把辜友榮換上場很厲害？第二節比賽已經進行了將近兩分鐘的時間，以辜友榮的體能，應該休息的差不多了。」

苦瓜微微搖頭，「顏書洋沒你想得這麼簡單，在這一節比賽裡，向陽對光北縮小防守圈的戰術非常成功，光北得到的五分都帶點運氣成分，首先是向陽小看了麥克，在籃下沒有紮實的卡位，再來是詹傑成的三分球，他的外線把握度一直都不高，那一球投進可以算是光北撿到的。

「除了這兩球之外，光北對向陽的防守根本束手無策，就我看來，在防守端向陽做得很成功，而且高偉柏身上有兩次犯規，李明正或許第二節都不會讓他上場，辜友榮還可以在場下坐久一點。

「除此之外，向陽進攻端還打出自己的節奏，也一直針對性地攻擊詹傑成這個弱點，而且包大偉打滿第一節，體能一定會慢慢下滑，光北的外圍防守只會越來越糟，向陽這一節派出兩隻切入能力見長的後衛，之後一定會把包大偉跟詹傑成打得潰不成軍，表面上看起來現在兩隊情勢是五五波，甚至光北氣勢上還壓過向陽，可是隨著時間過去，向陽一定會把光北壓著打。

「就算顏書洋現在不把辜友榮換上場，向陽也一定可以帶著領先進入第三節，顏書洋這麼做，除了加強攻守兩端的能力之外，還有一個更深層的理由。」

「什麼理由？」

「他要打壓光北的氣勢。」苦瓜說：「辜友榮的存在感太強大，只要他站到禁區，就算他什麼都不做，他的存在本身就可以對光北造成影響，你看，現在辜友榮一上場，光北的氣勢就消失得無影無蹤。」

苦瓜看著場上辜友榮跑到禁區，雙手高舉的模樣，繼續說道：「越是重要的比賽，氣勢這種看不見的東西越有可能左右一場比賽的結果，現在顏書洋把辜友榮換上場，其實也代表一件事。」

蕭崇瑜馬上問：「什麼事？」

「他怕了光北，怕到他不顧向陽場上的優勢，在這種時候派辜友榮上場，顏書洋的意圖非常明顯，他不打算給光北任何機會，要在這個第二節剩下的八分鐘一口氣擊潰光北。」

「什麼！？」蕭崇瑜張大嘴巴，看著詹傑成運球過半場，向陽再次縮小防守圈，絲毫不因為詹傑成剛剛投進了三分球而有所提防。

「那光北怎麼辦，辜友榮上場了，現在沒人對付得了他啊，麥克接觸籃球的時間太短，攻防兩端都還不成熟，這樣光北的禁區一定會被打爆！」

蕭崇瑜吞了一口口水，心裡出現了一個可怕的念頭，「苦瓜哥，光北該不會就這樣輸掉這一場比賽吧？」

「我不知道，不過我有一件事是確定的。」

「什麼事？」

苦瓜雙手交叉放在胸前，沉重地說道：「光北這一節會很難過。」

觀眾席上，除了苦瓜與蕭崇瑜之外，看得懂場上形勢的葉育誠、高聖哲、楊翔鷹、沈佩宜，眉頭同時深深皺起，他們知道辜友榮上場即將對光北造成多麼可怕的衝擊，就連學生加油團跟啦啦隊都感受到緊繃的氣氛，不自覺地握緊雙拳，緊張地望著光北這一波進攻，葉育誠甚至站起身來，身體趴在欄杆上，看著底下的李明正是不是也準備換人或者叫暫停重新布署戰術。

讓葉育誠失望的是，李明正似乎是光北最老神在在的人，站在場邊冷靜地看著球賽，完全沒有因為辜友榮上場而有任何反應。

葉育誠心想，這混蛋這麼胸有成竹的模樣，難道說是我太緊張了？

然而，當葉育誠坐回椅子上，卻看到在向陽縮小防守圈的情況下，詹傑成始終沒辦法把球傳給魏逸凡或楊真毅，而包大偉的空手切根本造成不了威脅，最後在進攻時間快到的情況下，又在弧頂三分線外出手。

因為辜友榮的存在，詹傑成潛意識認為麥克已經沒辦法利用驚人的彈跳力在禁區搶下籃板球，這一次出手少了信心，結果就是球落在籃框前緣彈了出來。

詹傑成出手的瞬間，辜友榮就馬上在籃底下卡位，心想這種軟趴趴的出手，用膝蓋想也知道絕對不會進。

麥克也看出詹傑成這一次出手少了一點果決，連忙想跟辜友榮搶好位置，但是與辜友榮碰撞的瞬間，麥克竟然被彈開，兩人之間將近二十公斤的體重差距，讓麥克根本沒辦法跟辜友榮抗衡，只能眼睜睜看著辜友榮高高跳起來，抓下這一顆籃板球。

這一次卡位，讓麥克發現自己與辜友榮之間的巨大差距，而這種差距，根本不是現在的他可以努力彌補的。

高偉柏霍然站了起來，在場邊對麥克大喊：「麥克，重心壓低一點，辜友榮很重，你重心一定要放的比平常低，不然會被他擠出去！」

麥克對高偉柏連連點頭，表示自己有聽到他說的話，同時邁開腳步回防。

辜友榮落地後馬上把球傳給石祐誠，後者也不管隊友有沒有跟上，立刻往前場衝，而光北的詹傑成與包大偉已經回到後場，站在弧頂三分線與禁區。

在這種一打二的局面，通常帶球的人會停下來，等隊友到前場再開始進攻，但是石祐誠完全沒有停下腳步的意思，更是壓低重心，一個大跨步就突破詹傑成的防守，包大偉沒有做好心理準備，只好趁石祐誠還沒有收球，上前故意犯規，左手大動作拍向石祐誠運球的右手。

嗶！尖銳的哨音響起，石祐誠反應很快，整個人靠在包大偉身上把球胡亂往上一丟，球連籃框都沒沾到，落在籃板上遠遠彈開。

包大偉心想雖然付出犯規的代價，但是至少有把向陽的快攻擋了下來，卻聽到裁判大聲宣判：「光北十二號，打手犯規，罰兩球！」

包大偉簡直不敢置信，雙手抱頭，大步走到裁判面前喊冤：「裁判，我剛剛是在他收球之前犯規的，應該不算是連續動作吧？」

裁判明確地對包大偉說：「他剛剛很明顯是上籃動作。」話一說完，裁判對紀錄台比出包大偉的背號，再次大聲宣布：「罰兩球！」

謝雅淑站起來，對包大偉大喊：「沒關係，別放在心上！」

詹傑成也走到包大偉身邊，拍了包大偉的屁股，「抱歉，這一球是我的錯，我太容易被他過了。」

包大偉激動的情緒這才稍稍舒緩下來，知道自己再怎麼爭辯都不會改變這個吹判，看著眾人已經在籃框兩旁站好，自己也找了位置站好。

底線的裁判拿著球，說道：「罰兩球！」隨後地板傳球給石祐誠。

石祐誠罰球的節奏就跟切入一樣快，一接到球，沒有做任何準備動作，蹲低、舉球、出手，唰。

石祐誠第一球順利罰進，裁判撿起球，對石祐誠比出食指，代表還有一次罰球，再把球傳過去。

石祐誠信心大增，接到球之後立刻出手，不過這一次出手反而力道過大，球落在籃框後緣彈了出來。

禁區裡頓時擠成一團，詹傑成與包大偉已經往前偷跑，魏逸凡、楊真毅、麥克努力卡位想要搶籃板球，他們很清楚在辜友榮上場之後，要靠陣地戰打贏向陽太難，必須加快攻防轉換，打亂向陽的節奏。

只要搶下這顆籃板球，把球往前場丟，詹傑成跟包大偉一定可以把球投進！

光北的禁區三人抱持這股希望，看著彈出的球，但就在他們起跳的瞬間，卻看到有一隻大手

突然間出現在他們的視線裡。

辜友榮憑藉著高人一等的身高跟手長，硬是在光北禁區三人的頭上把籃板球抓下來，落地的瞬間發出大大哈的一聲，也不管是不是有人準備蓋他火鍋，直接跳起來把球塞進籃框。

砰！辜友榮散發出來的氣勢太過驚人，光北禁區三人直接讓到一旁，當辜友榮跳起來的時候，憑他們的能力跟身材，除了犯規之外根本無法阻止辜友榮拿分。

辜友榮灌籃得手，落地前還故意拉扯籃框，讓籃球架搖晃不已。落地後，辜友榮仰天大吼：「告訴我，你們做好準備了嗎？」

場上四名隊友這一次非常明確地大喊回應：「準、備、好、了！」

辜友榮一邊跑回後場防守，一邊指著二樓的向陽學生加油團，「再大聲一點！」

本來已經在歡呼的學生，因為辜友榮的舉動更是全部站了起來，用力大喊著：「向陽、向陽、向陽、向陽、向陽、向陽！」

一時間，向陽的氣勢大漲，向陽學生發出的歡呼聲幾乎把球館的屋頂給掀翻了，反觀光北一方卻是一片靜悄悄，因為就連啦啦隊跟學生加油團裡不曾接觸籃球的人，都看得出光北完全被向陽壓著打，進攻打不進，防守擋不住。

劉晏媜發現光北籠罩在一片烏雲當中，知道這樣下去不行，立刻站起身：「來，大家一起幫籃球隊加油，他們正辛苦地在球場上奮戰，我們也要在這裡幫助他們！」

啦啦隊與學生加油團精神一振，正要隨著劉晏媜的手勢大喊時，球場上卻又出現讓他們震撼的一幕。

場上，詹傑成把球推進到前場後突然發動奇襲，面對石祐誠防守直接往右切，發現辜友榮在左邊顧著魏逸凡，心想這是他的機會，在罰球線收球準備跨步上籃，卻錯估向陽替補中鋒羅士閔的能耐。

羅士閔在詹傑成放球的瞬間，雙腳奮力一跳，直接送給詹傑成一個大火鍋！

現場頓時傳來一陣嘩然，球被羅士閔拍到往弧頂飛，幸運地回到包大偉手裡。

包大偉卻來不及鬆一口氣，謝雅淑在場邊大喊，「時間快沒了，出手。」連忙帶一步跳投出手，在罰球線左側的位置投籃，但是力道太小，球落在籃框前緣彈了出來。

辜友榮再次跳了起來，但是這一次他沒能順利拿下籃板球，麥克發揮出驚人的彈跳力，拚了命地把球往上撥，讓辜友榮沒辦法抓下籃板球。

球就這麼在空中被禁區的人撥來撥去，最後魏逸凡抓準時間，把球往外圍一拍，拿到球的又是包大偉！

包大偉在左側三分線外把球抓下，看到周圍沒有任何人防守，想起李明正在第二節比賽開始前說的話，心一橫，直接跳投出手。

不過包大偉還是少了自信，缺乏果斷的出手，想當然爾再次彈框而出。

辜友榮沒有再給光北把球從他手中撥走的機會，展現出王者的氣勢，把這一顆籃板球摘下來。

「友榮！」石祐誠與張國良像是飛箭一樣往前衝，辜友榮聽到隊友的叫喊聲，右手把球往後一拉，就要把球傳過半場，這時麥克激動地在辜友榮身前跳上跳下，雙手不斷揮舞，阻止辜友榮傳球。

詹傑成與包大偉很快回防，不讓向陽有任何快攻的機會，而楊真毅與魏逸凡此時也跑到後場，四個人組成了堅強的防線。

這時，場上又發生一件令人驚訝的事情，辜友榮在發現沒有快攻機會之後，竟然就直接運球，自己把球帶過半場。

一個兩公尺高的巨人像是後衛一樣把球帶過半場，這樣的景象對球館裡大多數人來說前所未見，向陽的情緒更加高漲，滿心期待辜友榮帶來的表演。

感受到辜友榮強大的氣勢，詹傑成與包大偉同時迎了上去，就是要把辜友榮擋下來，而辜友榮吸引兩人的防守之後，把球傳給左側三分線的張國良，包大偉擔心向陽禁區打出來之後，連外線手感也開始加溫，連忙衝過去要阻止張國良，沒想到張國良又馬上傳球。

包大偉順著球的方向一看，心裡馬上出現極為不妙的預感，而這個預感很快成真。

張國良傳出的球，落入空手往禁區切的辜友榮手裡。

砰的一聲，辜友榮用力往下一個運球，跨大步，雙腳用力跳起，眼睛凶狠地盯著籃框，雙手高高舉起球，就要把它塞進籃框裡。

一旁的魏逸凡不想再讓辜友榮稱心如意，抱著即使犯規也不讓他灌籃的決心奮力撲上去。

魏逸凡帶著一往無回的決心要擋下辜友榮的灌籃，辜友榮則是打定主意要徹底粉碎光北的士氣，兩個大男孩在空中碰撞，體重的差距讓魏逸凡被彈開，辜友榮幾乎不受影響，雙手重重地把球塞進籃框之中。

砰！

爆炸般的聲音傳來，同時底線出現尖銳的哨音，裁判指著跌倒在地的魏逸凡，「光北三十二號，阻擋犯規，進球算，加罰一球！」

現場頓時傳來一陣嘩然，而在那之後的，是向陽學生彷彿要衝破屋頂的歡呼：「向陽、向陽、向陽、向陽、向陽、向陽、向陽！」

辜友榮的灌籃讓向陽的氣勢達到這一場比賽的最高點，板凳區的隊友紛紛跳了起來，對辜友榮大喊：「學長好球！」、「這一記灌籃太漂亮了！」、「學長，我們都準備好了！」

光北氣勢完全被粉碎，不管是板凳區或者樓上的學生加油團跟啦啦隊，都出現了焦躁擔心的氣氛。

此時，吳定華從椅子上站起身來，走到李明正身邊，「明正，喊個暫停吧？」

李明正看了吳定華一眼，指著紀錄台，「告訴我，你看到什麼？」

吳定華看著紀錄台，比分無情地顯示出在辜友榮上場之後，向陽馬上打出了一波五比零的攻勢。

吳定華說：「二十二比二十九。」

李明正又問：「還有呢？」

「第二節比賽還有六分零七秒。」

李明正微微點頭，「那還好。」

吳定華瞪大雙眼，「什麼叫那還好，你沒看到辜友榮一上場就……」

李明正舉起左手，阻止吳定華激動的言語，鎮定地說道：「相信我，相信我們一手帶出來的球員，我這輩子到目前為止有讓你失望過嗎？」

李明正維持著同樣的姿勢，表情淡定，「第二節就讓向陽囂張一會，真正決定勝負的，是下半場的二十分鐘。」

★

叭！

宏亮的聲音響起，第二節比賽結束。

苦瓜馬上站了起來，大步朝樓梯口走了出去，蕭崇瑜則拿起相機，拍攝兩邊球員走下場的模樣。

帶著大幅領先比數走下場的向陽球員，臉上很明顯帶著一抹輕鬆的神色，昂首闊步，不管是表情或者舉手投足，都顯示出他們渾身上下充滿自信。

相較於向陽球員，光北球員臉上的表情截然不同，沒有一絲光采，每一個人都微微低著頭，表情嚴肅，他們並沒有放棄這場比賽，只不過目前的比分，讓他們處於低氣壓中。

在宰友榮上場之後，向陽打出一波十比零的攻勢，一口氣把比分拉開，在這波攻勢裡，宰友榮發揮攻防兩端的宰制力。

進攻端，宰友榮不是蹂躪光北的禁區，就是利用本身的牽制力吸引包夾，讓隊友有更容易得分的機會；防守端，宰友榮一樣讓光北吃盡苦頭，在他上場之後，光北就沒能在禁區拿分，只靠著楊真毅與魏逸凡外圍的零星跳投拿下分數。

而且受到向陽接連不斷的包夾影響，魏逸凡與楊真毅命中率下滑得非常嚴重，兩人在第二節後半段的八次出手只命中了兩球，而這兩球就是光北在第二節後段所有得分。

縱觀第二節，從宰友榮上場到結束的聲音響起，向陽拉出一波可怕的二十比四攻勢，中場結束比數是二十六比四十四，向陽帶著十八分的領先優勢從容進入下半場。

從光北參加丙級聯賽以來，他們從未打完中場後處於落後的情況，更別提是十八分這種巨大差距。

——光北高中，士氣低迷。

其實以光北第一年創隊，有一半球員沒有任何比賽經驗，甚至有人才剛接觸籃球的情況下，就算有高偉柏、魏逸凡、楊真毅，能夠走到這個地步已實屬不易，但是在運動競技這樣現實的環境，大家在乎的永遠只是冠軍，第二名與最後一名的差別並不大。

籃球，就是一個如此現實的世界，沒有灰色地帶。

這個時候，李明正移動腳步，站到球員面前，緩緩說道：「抬起頭來，看我。」

球員聽到李明正的聲音，像是溺水的人看到一根浮木一樣，拋開負面的情緒，用期待的目光望向李明正。

李明正半蹲下來，面對球員，左手大姆指比比身後的紀錄台，「現在我們落後十八分，你們好像覺得很多，但是這樣的分差跟我預計的差不多。」

李明正用非常堅定的口氣說道：「目前為止，比賽的走向都跟我想的一樣，所以我現在告訴你們，最後帶走比賽勝利的人，一定是我們光北高中，大家注意聽到我這裡，我會告訴你們為什麼。」

李明正大姆指轉了方向，指向向陽的板凳區，「進入下半場以後，我們會擁有三個優勢，而這些優勢會帶領我們在第三節比賽結束時，把比數追到個位數的落後，然後在第四節逆轉比賽。

「第一個優勢，心態。大意失荊州，大家看一下向陽高中，從他們的表情跟動作，不難發現他們覺得這一場比賽贏定了，心態已經放鬆下來，所以當我們下半場給他們迎頭痛擊的時候，他們一定沒辦法馬上反應過來。

「第二，體能。辜友榮上場時間不少，下半場他的體能一定會下滑，而偉柏第二節都坐在板凳上休息，所以下半場偉柏有充足的體力可以好好盯住他。你們應該都有發現，偉柏很懂得怎麼牽制辜友榮，只要偉柏上場，辜友榮在進攻端的影響力會減少很多。

「第三，進攻。進入第三節之後，向陽一定會繼續維持縮小防守圈的戰術來限制我們的得分，這個時候就是我們的大好機會，因為……」

到便利商店買了包濃度最低的卡斯特之後，苦瓜回到球館前，將點燃的菸挾在手中，回想剛剛的比賽內容，眉頭不禁皺了起來。

雖然他看比賽時臉色非常平靜，但是心裡其實深深為光北擔心，從比賽開始到第二節比賽結束，光北對於辜友榮一直沒有解決辦法，第一節有高偉柏還好一些，但是高偉柏兩次犯規後，辜友榮在第二節根本是橫行無阻。

除了防守之外，光北進攻打得亂七八糟，楊真毅第一節大爆發之後，第二節被包夾防守搞得狼狽不堪，魏逸凡同樣也是如此，整個光北的進攻完全被向陽針對性的縮小防守圈戰術限制住。

苦瓜靠在球館外的牆壁上，心想進攻打不進，防守擋不住，中場落後十八分，李明正，在這種情況下你還沉得住氣嗎？當初你跟啟南高中比賽時，可是第二節就展現出超人的進攻能力了啊。

下半場，也差不多該解開李光耀的枷鎖了吧。

想著想著，苦瓜挾在手裡的菸已經將近燃到盡頭，正在思考是否該直接捻熄，或者吸個一口應付蠢蠢欲動的菸癮時，便看到一台頂級賓士車停在路邊，一名擁有深褐色長髮與深邃五官的女生下了車，快步往球館的方向跑來。

苦瓜定睛一看，發現這個女生長相不僅非常漂亮，還很面熟。

女生一看到苦瓜，指著苦瓜，啊了一聲，「很厲害的編輯叔叔！」

聽到女生大喊，苦瓜這才想起她不就是李光耀的女朋友嗎？

謝娜問：「編輯叔叔，比賽怎麼樣了？」

苦瓜淡淡地說：「第二節比賽結束，光北落後十八分。」

「什麼！」謝娜大驚失色，馬上推開玻璃門，跑進球館裡。

苦瓜本來想跟謝娜說第二節比賽剛結束，現在是中場休息時間，比賽還有一陣子才開始。

然而，就在苦瓜這麼想時，突然意識到自己花了十分鐘的時間到便利商店買菸，剛剛抽菸至少也花了五分鐘，第三節比賽可能已經開打。

苦瓜面色一變，也跟謝娜一樣用力推開門，跑進球館裡。

此時，同樣來到這座球館的謝娜母親，看著兩人匆忙的背影，不解地喃喃自語：「籃球，真的這麼有趣嗎？」

謝娜大步跑向觀眾席，從樓梯口出來，看到向陽壯觀的加油團嚇了一跳，不過這並沒有阻擋她的腳步，很快下了階梯，整個人幾乎是撲在欄杆上，發現第三節比賽正準備開始，兩邊球員走上場，而在光北五名球員裡，謝娜找到了那一個身穿二十四號的背影。

謝娜雙手放在嘴巴上，當作最簡單的擴音器，大喊：「李光耀，我來了！」

李光耀抬頭往上一看，發現謝娜在觀眾席上對他揮手，這瞬間，李光耀出現一股溫暖的感覺，讓原本就已經對自己非常有自信的他，現在更是信心破表。

李光耀對謝娜舉起大姆指，「妳來的正是時候！」

★

嗶！

尖銳的哨音響起，林盈睿從裁判手中接過球，中線發球。

向陽第三節的上場陣容跟第一節一模一樣，由控球穩定，外線較為精準的林盈睿與溫上磊擔綱後衛，內線的鋒線組合則是翁和淳、陳信志、辜友榮。

林盈睿把球傳給辜友榮，後者運球往前跨了一大步，把球帶到前場後回傳給林盈睿，接著往禁區跑，途中與李光耀擦肩而過。

在那短短的一瞬間，辜友榮看到李光耀閃閃發光的眼神。

這讓辜友榮想起賽前練習時，在他的挑釁下，光北每一個球員都不約而同地看向李光耀。

辜友榮心裡浮現出一抹怪異的感覺，覺得好像有哪個環節出了問題，一般來說，這種情況代表這個李光耀不是隊長，就是最強的球員。

辜友榮很快否定這個可能性，如果這個李光耀比魏逸凡、高偉柏厲害，我們不可能沒有聽過他的名字。而且即使如此，我們可以鎖死高偉柏跟魏逸凡，一樣可以鎖死這個李光耀。

沒錯，進軍甲級聯賽的一定是我們向陽！

辜友榮冒出熊熊鬥志，猛吸一口氣，大喊：「大家聽好了，這一場比賽我們要贏四十分以上，從今以後我們就不會在乙級出現，所以在這最後一場比賽，我們一定要贏得特別精彩！」

辜友榮的豪語讓觀眾席上的學生沸騰起來，不斷大喊著：「向陽、向陽、向陽、向陽、向陽、向陽、向陽！」場上的隊友鬥志也瞬間提升。

辜友榮說得沒錯，在這最後一場比賽，不僅要贏，更要贏得精彩。

——要贏得精彩，就要痛擊對方的弱點！

林盈睿把球傳給左邊側翼的溫上磊，因為站在溫上磊面前的防守者，是身高最矮的王忠軍。

第三節比賽，光北的陣容搭配，後衛李光耀、王忠軍，禁區魏逸凡、高偉柏、麥克。

場邊，吳定華露出焦躁不安的神情，坐立難安，最後還是站起來，快步走到李明正身邊，壓低聲音說：「我們落後十八分，結果你竟然放上王忠軍，這樣實在太危險了！」

李明正看都沒看吳定華，反問道：「那你告訴我，如果把忠軍換下來，誰可以代替他投三分球？」

「可是……」

李明正堅定地說：「向陽不是普通的對手，以我們現在的陣容，用一般常識的方法是贏不了這場比賽的，你就坐下看這場球賽就好。」

聽到李明正最後一句話，吳定華突然間愣了一下，腦海中猛然閃過一個片段。

二十多年前那一場比賽，他們帶著十分的領先進入第二節，原本興奮的情緒卻因為啟南高中先發上場之後的狂轟亂炸生變，而吳定華深深記得李明正在情況陷入危急的時候，對他說了這麼一句話。

「你就把球傳給我就好。」

吳定華捏緊拳頭，一語不發地走回位子上坐下。

此時，本來想高吊傳球給辜友榮的溫上磊，發現光北高中對辜友榮嚴密看防，果斷放棄這個念頭，壓低重心，準備單打王忠軍。

溫上磊拿球往上比了一個投籃假動作，發現王忠軍真的跳起來，直接運球往右切，過了王忠軍後拔起來跳投出手。

球劃過一道曼妙的拋物線，唰的一聲空心入網。

比數二十六比四十六，雙方差距來到二十分，向陽的學生又開始歡呼，特別是溫上磊在回防時特別做出大聲點的手勢，讓現場更加吵雜。

儘管比賽還長，但有時候光是巨大的比分差距，就足夠摧毀一支球隊。

不過，光北顯然不是這麼容易被擊倒的對手。

麥克撿起球，底線發球給李光耀。

相較於向陽，光北的學生寂靜無聲，已經失去加油的動力，他們沒想到球隊竟然會被慘電成這樣，氣氛降到冰點。

也就是在這個時候，李光耀把球帶到前場，看到向陽果然如李明正所預料繼續縮小防守圈，立刻把球傳給左邊側翼的王忠軍。

王忠軍接到球，身邊完全無人防守，站位傾向外圍的林盈睿一度閃過衝過去的念頭，不過最終他選擇留在罰球線，看著王忠軍把球投出去。

辜友榮立刻轉身在禁區卡位，不過讓他驚訝的是，高偉柏、魏逸凡竟然沒有要搶籃板球的意思，直接跑回防。

就在辜友榮訝異的瞬間，球空心入網，帶著強烈後旋的球把籃網往上捲起，發出清脆的唰聲。

球進同時，王忠軍睜開雙眼，那道天堂之音，還有手指殘餘的感覺讓他湧現信心。

這一顆三分球，讓吳定華緊張的情緒稍稍安定下來，也為觀眾席上的光北學生頓時注入活力。

這時，謝娜的母親從樓梯口走了出來，看到向陽驚人的學生加油團，心裡跟謝娜一樣微微驚訝，她從未想過這種學生比賽有這麼多人看。

訝異之後，謝母想要找個位子坐下，卻看到一個讓她感到極為熟悉的背影，腳步於是轉了個方向，「楊董？」

場上，林盈睿運球過半場，雙腳跨過中線時，把球傳給溫上磊。

溫上磊在右邊側翼接到球，面前的防守者是李光耀，而溫上磊沒有因為剛剛跳投拿分就得意忘形，把球傳回給林盈睿，讓他針對王忠軍這一點突破。

向陽的洞察力之強，讓場邊的吳定華再次擔憂起來，特別是當他看到王忠軍被突破防守，更是提心吊膽。

王忠軍的防守變成光北的大缺口，讓魏逸凡必須放下翁和淳上前補防，卻正中林盈睿的心意。

林盈睿地板傳球給翁和淳，後者一接到球，不給光北任何喘息空間，把球傳給從右邊空手切的大前鋒陳信志。

向陽轉移球的速度實在太快，光北的防守完全跟不上，陳信志跑位的時機又抓得很好，接到球後輕鬆上籃擦板得分。

比數二十九比四十八，差距來到十九分。

麥克撿起在地上彈跳的球，底線發球給李光耀。

李光耀接球後高高舉起右手，伸出食指，「沒關係，穩穩打一波！」

此時，觀眾席上，楊翔鷹驚訝地看著謝娜的媽媽，基於禮貌立刻站起身來，「謝總！」

楊翔鷹與謝母同樣身為商界的頂端人物，雖然彼此公司的業務沒有任何往來，不過偶爾會在大型政商餐會上遇到，曾經寒暄幾句，有數面之緣。

而謝母特別記得楊翔鷹的原因很簡單，因為在她見過的所有政商大人物之中，就屬楊翔鷹長得最帥，頭髮最多，身材維持最好，總是把自己打理得乾乾淨淨。

「楊董，這麼巧，你也來看球賽。」

「是啊，我是光北的家長會長，我兒子也是籃球隊的球員，這一場比賽是冠軍賽，非常重要，所以就過來了。謝總呢？是什麼風把百忙之中的謝總吹來了？」

「我女兒想要過來看球賽，最近比較忙，很少跟女兒相處，所以今天就陪著她一起過來，她就坐在那裡。」

楊翔鷹順著謝母手指的方向看過去，看到擁有深邃臉孔的謝娜，心裡閃過他聽過的傳言。

楊翔鷹知道謝總，謝昱婕，這一輩子沒有結過婚，卻有一個女兒，傳言她在德國求學時未婚懷孕，不過這些話楊翔鷹並沒有放在心上，他不喜歡閒言閒語，只是這時意外遇到謝昱婕，讓這些話突然間在腦海冒了出來。

「楊董，你看得懂籃球嗎？」謝昱婕陪著謝娜到球館的原因，主要是為了看讓謝娜有所轉變的男孩是誰，對籃球本身並沒有太大的興趣，也看不懂籃球。

「我之前就是打籃球的。」

謝昱婕微微點頭，心想趁這個機會跟營建業的大人物多交流也是一件不錯的事，之後拓展生意版圖，說不定哪天會出現合作的機會。

「我看不懂籃球，可以坐楊董旁邊嗎？」

正當楊翔鷹準備開口說好的時候，光北學生突然爆出歡呼聲，楊翔鷹直覺場上有什麼事發生，馬上回頭往底下看，發現光北隊往後場回防，比數三十二比四十八，差距縮小到十六分。

楊翔鷹問：「發生什麼事了？」

葉育誠興奮地說：「剛剛王忠軍又投進一顆三分球了！」

本來已經在等待向陽拿下勝利的顏書洋，暗自咬牙，看向站在場邊的李明正，心想，李教練，真是有膽識，看準了我們現在採用的防守戰術，竟然在這種時刻派上了防守這麼弱的三分射手，你想要賭一把是吧？

場上，林盈睿運球過半場，看著已經連續投進兩顆三分球的王忠軍，決心給他一點顏色瞧瞧，繼續針對他攻擊，運球到左邊側翼，壓低重心往右切，再度突破王忠軍的防守。

光北的防守陣式又一次被打亂，麥克不得不上前補防，這時陳信志再次從右邊空手切，高偉柏觀察到他的動向，已經準備要抄球。

然而，站在高偉柏旁邊的辜友榮，猛然一個轉身，在高偉柏注意力都放在林盈睿手上的球時溜進禁區。

高偉柏暗叫糟糕，但是當林盈睿把球往上一拋時，就什麼都來不及了。

辜友榮奮力跳起，在空中接到球，雙手把球重重塞進籃框裡。

砰！炸響傳來，這一記灌籃再次把向陽的氣勢帶起來，觀眾席上又傳來向陽的歡呼聲，辜友榮輕而易舉地就把王忠軍那兩顆三分球帶來的傷害抹平，用這一記灌籃對光北說，不管你們再怎麼掙扎，都是沒用的！

比數三十二比五十，差距又被拉開到十八分，回到原點。

在辛友榮完成灌籃之後，顏書洋在場邊大喊：「等一下守二三，外面站兩隻，封死他們的三分線！」

回防的五個向陽球員齊聲回應：「好！」立刻站出二三區域聯防。

光北這一邊，李光耀接過高偉柏的底線發球，把球帶到前場，看著向陽防守圈擴大到三分線，而禁區又有一個存在感極為強烈的辛友榮。

李光耀運球到右邊側翼外，眼睛瞄了王忠軍一眼，再看向禁區，站在他面前的林盈睿忽然說：「不用看了，我們不會再給你們任何機會。」

李光耀微微揚起眉頭，然後勾起一抹微笑，心想機會這種東西，永遠都不是別人給與，而是自己要去主動找尋的。

李光耀突然壓低重心，一個胯下運球之後左腳往前跨，林盈睿以為李光耀被自己激怒準備硬打，馬上往後退要擋住他的切入。

只不過，李光耀完全沒有切入的意思，左腳跨出後停了下來，右腳接著往前踏，拿球起跳，在身體達到最高點，獲得平衡的瞬間將球投出，林盈睿衝上前封阻時已經來不及，球劃過一道宛如彩虹般的拋物線，精準地落在籃框中間。

唰的一聲，空心進籃。

李光耀三分球命中，第三節比賽一開始，光北連續投進三顆三分球，比數三十五比五十，雙方差距拉近到十五分。

這一顆三分球同時也讓觀眾席上的光北學生站起來歡呼，不用謝雅淑帶領，大家齊聲大喊著：「李光耀、李光耀、李光耀、李光耀、李光耀、李光耀、李光耀！」

第四章

「這是誰的曲子？」

謝娜緊張地說：「Ludovico Einaudi，一個義大利的作曲家。」

謝昱婕看著謝娜侷促不安的模樣，緩緩地說：「妳真的想去看籃球賽？」

謝娜咬牙，輕微但是堅定地點頭，「想。」

謝昱婕深思一會，「既然如此，把小提琴放下，我們出發吧。」

半個小時前，當時謝娜臉上浮現出來的真誠喜悅，讓謝昱婕感到無比訝異，沒想到半個小時後她看到了更驚訝的一幕，經歷過家裡長輩的歧視還有被綁架的童年陰影，不會隨便把情緒表露出來的謝娜，竟然在觀眾席上又叫又跳，跟著別人一起大聲歡呼。

謝昱婕往籃球場的方向看去，目光定在剛剛投進三分球，背號二十四號，名為李光耀的男孩身上。

看著謝娜臉上的表情，謝昱婕幾乎可以確定這個李光耀，就是讓謝娜陷入愛河，有了天翻地覆大改變的男孩。

謝昱婕不了解為什麼光北會像是發瘋一樣拚命歡呼，只能找上楊翔鷹，「楊董，怎麼這群小孩叫得這麼大聲，光北要贏了嗎？」

「沒有，現在球隊落後十五分，對手非常強，這一場比賽要贏很不容易，不過剛剛一度落後二十分，現在已經追了五分回來，這一場比賽還有希望！」

「原來如此。」謝昱婕微微點頭，雖然楊翔鷹極力隱藏，但是她可以聽出楊翔鷹言語間的激動，讓她再次浮現疑問。

籃球，真的這麼有趣嗎？

光北在李光耀投進三分球之後氣勢大漲，不論場上、場下的球員，臉上的陰霾皆消失得無影無蹤，取而代之的是希望與鬥志。

李光耀一邊跑回後場防守，一邊大喊著：「好了，真正的王牌出手了，大家都知道接下來要做些什麼了吧，好好拚防守，我會把你們帶到甲級聯賽！」

李光耀感到興奮，比賽進行到關鍵的第三節，球隊落後十五分，禁區沒有優勢，而向陽也不打算繼續讓王忠軍投三分球，在這種關鍵時刻，光北隊能夠依靠的只有他，在這一場贏了就是拿下冠軍並且前往甲級聯賽，輸了就打包回家明年再來的重要戰役，李光耀臉上出現了一抹笑容。

這種重責大任，當然就是交給我這個超級進攻武器，光北的終極王牌！

李光耀看著林盈睿運球過半場，右手食指對他勾了勾，非常明顯地做出挑釁，像是在說，來吧，我這個人很大方的，如果你想要挑戰我，我隨時隨地都可以給你機會。

林盈睿心裡湧現一絲怒氣，不過並沒有因此影響了判斷力，把球傳給溫上磊，讓他繼續攻擊光北的最大弱點。

溫上磊接到球就壓低重心切入，這一次從左邊突破王忠軍的防守，讓魏逸凡不得不踏前準備補防。

左邊底角的翁和淳看準機會，空手往禁區切，可是辜友榮大步一跨，在禁區裡向溫上磊要球。

見到辜友榮展現出強烈的持球欲望，翁和淳馬上轉頭跑回左邊底角，而溫上磊也連忙停下腳步，把球傳給辜友榮。

辜友榮背對籃框接到球，距離籃框不到一公尺，即使高偉柏立刻貼上去防守，依然讓光北感到緊張。

麥克、魏逸凡連忙往禁區縮，全然不管左邊底角的翁和淳與右邊邊線的陳信志，辜友榮在禁區的破壞力與牽制力，由此可見一二！

只不過，即使將面對三人包夾，外圍又有兩個隊友有大空檔，辜友榮卻鐵了心要自己打。

辜友榮下球，身體往禁區頂，直接把高偉柏擠到籃框底下，壓縮他的防守空間，眼角餘光看到麥克靠過來，收球轉身，利用籃框當掩護，右手輕巧地將球挑進籃框，魏逸凡想蓋火鍋卻晚了一拍。

辜友榮籃下強攻得手，壓下光北高漲的氣燄，而且辜友榮在回防時還故意撞了李光耀一下。

李光耀後退了一大步，肩膀有點痛，卻讓他露出一抹笑容。

李光耀對著麥克大喊道：「麥克，把球給我！」

對於李光耀的要求麥克從未拒絕過，馬上撿起球，踏出底線外把球傳過去。

李光耀接到球，運球過半場，而就算他沒有比出那招牌的手勢，光北的隊友全都知道受到辜友榮挑釁的他，這一球一定會選擇自己出手，馬上站到兩旁。

一時間，球館內所有的目光全集中在李光耀身上，觀眾席上的向陽學生大聲鼓譟：「投不進、投不進、投不進、投不進、投不進！」

然而，李光耀全然不受影響，在右邊側翼面對林盈睿的防守，展現出快如閃電的第一步，一個大跨步就擺脫林盈睿，而辜友榮大腳一跨，站到籃框底下張開雙手，等候李光耀的到來。

有種就過來，看我怎麼賞你一個大火鍋！

不過李光耀在突破林盈睿之後並沒有持續往禁區切，直接收球拔起來，跳投出手。

李光耀右手維持出手姿勢，看著球落在籃框內緣直接彈進，露出自信的表情，回防時還故意多看了林盈睿一眼。

觀眾席上傳來光北的喝采聲，因為在李光耀跳投命中後，比數三十七比五十二，差距回到十五分。

這時，場邊的李明正對場上的球員喝道：「縮小防守圈！」

場上五名球員聽懂李明正真正的意思，放棄外圍防守，盡全力把辜友榮封死。

林盈睿接過陳信志的底線發球，把球帶到前場，看到光北擺出的防守陣式，舉起右手指揮跑位。

在林盈睿的授意之下，除了依然留在禁區周圍，只要接到球就可以馬上發動強攻的辜友榮，翁和淳與陳信志兩名前鋒都跑上罰球線兩側，開始執行戰術。

溫上磊利用陳信志的單擋掩護空手往禁區切，翁和淳則跑到左側三分線外準備接球，向陽對光北擺出的防守陣式，用快速的跑位回應。

謝雅淑此時從板凳區跳起來，朝場上大聲喊話：「防守要講話，別只顧自己，怎麼又沒有聲音了！」

經謝雅淑這麼一提醒，光北的防守頓時吵雜起來。

高偉柏高呼：「辜友榮交給我，你們不用擔心，專心守其他人！」

魏逸凡大喊：「麥克，後面有我在，不用怕有人切進來，你專心在罰球線那裡守住你那隻就好！」

麥克努力突破心裡的障礙，用宏亮的聲音說道：「好，又有人要空手切了，禁區小心！」

光北展現出防守默契，讓向陽沒辦法跑出空檔，球始終停留在林盈睿手上。

辜友榮看不下去，上中到罰球線，高高舉起右手，「球！」

林盈睿把球高吊過去，拿到球的辜友榮馬上成為目光的焦點，翁和淳把握機會溜進禁區，但辜友榮卻沒有把球傳過去。

辜友榮其實有看到翁和淳，也知道只要把球傳給翁和淳向陽馬上就可以多兩分進帳，可是辜友榮牛脾氣犯了，這一球就算是天皇老子過來要，他都不會給！

辜友榮轉身面框，在高偉柏的防守下選擇往左切，但速度並不是他的強項，切入被高偉柏跟上，但是辜友榮很快利用自己的身材優勢收球轉身，肩膀故意頂了高偉柏一下，擠出出手空間，最後用傲人的身高拋投出手。

高偉柏連忙奮力跳起，右手往球一揮，不過被辜友榮頂開的他只能看著球往籃框飛。

雖然沒能蓋到火鍋，但是高偉柏的存在還是對辜友榮造成影響，這次出手力道過大，落在籃框後緣彈出來。

然而，光北隊還來不及高興，出手瞬間就知道球不會進的辜友榮反應最快，衝進禁區把籃板球抓下來，然後奮力跳起。

砰！辜友榮雙手猛力灌籃，落地時仰天大吼：「啊啊啊！」

辜友榮灌籃得手，再次引來向陽學生的尖叫與歡呼，也讓差距又回到十七分，比數三十七比五十四。

這時，第三節比賽剩下六分鐘，在辜友榮繼續稱霸禁區的情況下，即使王忠軍與李光耀先後跳出來，向陽依然把差距控制在十五分以上。

為此，蕭崇瑜憂心忡忡地說：「光北還是對辜友榮一點辦法都沒有，比數差十七分，就算李光耀終於開始出手，但是如果不想辦法解決辜友榮這個點，光北要贏球還是比登天還難啊。」

苦瓜沒有說話，但是他這一次很贊同，高偉柏很強，可是身材上的差距真的是無可奈何的。光北一定要想出辦法對付辜友榮，否則必敗無疑！

場上，光北球權，李光耀運球過半場時，時間剛好來到五分五十九秒，光北還落後向陽十七分，想要逆轉贏球，光北攻守兩端都沒有犯錯的空間。

這時，向陽學生又開始干擾李光耀，大喊：「投不進、投不進、投不進、投不進、投不進！」

在這種精神緊繃，手心冒汗的時刻，李光耀承擔著來自隊友、教練、學生加油團的期望，還有向陽球員與啦啦隊施與的壓力，在冠軍賽這個場面，李光耀肩膀上的擔子，重到令人難以想像。

只不過李光耀不僅不打算退縮，反而正準備證明這一把重擔，交給他就對了！

李光耀來到右邊側翼，再次面對林盈睿的防守，利用由左往右的變向換手運球晃開他，壓低重心往禁區切，沒有選擇跳投，眼睛看著籃框，要挑戰由辜友榮鎮守的禁區。

辜友榮盯著李光耀，完全不去管光北會不會有人趁機溜進禁區，也不去理會身旁的高偉柏，就等李光耀上門。

兩隊的王牌球員，腦海中出現了幾乎是一模一樣的想法。

辜友榮緊緊盯著李光耀，來吧，我會讓你知道，能夠進軍甲級聯賽的，是我們向陽！

李光耀則毫不畏懼地往禁區衝，抱歉了大隻佬，你是一個很棒的球員，可是今天拿下冠軍前往甲級聯賽的，是我們光北！

李光耀收球跨大步，整個人像是火箭升空般飛了起來，而辜友榮同時高高跳起，高舉雙手，彷彿要封鎖李光耀的天空一般。

——王牌與王牌之間的對決。

李光耀繃緊後腰肌肉，與辜友榮身體碰撞的瞬間把球高高投出，辜友榮右手同時往下一揮，只不過卻慢了半拍，手落在李光耀的右手上，發出響亮的啪聲。

嗶！底線與邊線幾乎是同時響起尖銳的哨音

體重上的差距讓碰撞之後的李光耀失去平衡，整個人重重跌出界外，而球落在籃框上高高彈起，左彈右跳了好幾下，然後在光北教練、球員、學生的期盼之下，落入籃框之間。

底線的裁判手指辜友榮，大喊：「向陽三十六號，打手犯規，進球算，加罰一球！」

「好球啊！」葉育誠激動地握緊雙拳，高聖哲則是站起來，用力揮舞大旗，同時學生們爆出驚人的歡呼聲，激動大叫著：「李光耀、李光耀、李光耀、李光耀、李光耀！」

就連楊翔鷹也激動地站起來，右手緊握拳頭，沈佩宜努力克制自己，沒有做出任何激動的反應，但是心臟狂跳的她手心早已冒汗。

沈佩宜已經很久沒有現場看球，曾經她以為自己不會再做這件事，但是她現在竟然坐在觀眾席上，而且看的還是原先她非常不喜歡，認為只是做著無謂夢想的學生的比賽。

重點是，那一名學生，正在球場上綻發出驚人的光芒。

謝昱婕看著幾個半大不小的中年男人反應如此激動，學生像是瘋了一樣大喊李光耀的名字，從小被她教導行為舉止要優雅的謝娜也又叫又跳，讓她不禁把目光放在走上罰球線，準備執行罰球的李光耀身上。

場上，裁判手拿著球，比出食指，「罰一球。」見到李光耀敬禮，地板傳球過去。

李光耀接住球，看著不遠處的籃框，彎曲膝蓋，運了一下球之後，呼出一口氣，穩穩地把球投出。

唰。

李光耀順利完成三分打，在這一刻，光北的氣勢超越了向陽，比數四十比五十四，差距縮小十四分。

辜友榮不甘心，快步奔跑到前場，雙眼冒出熊熊鬥志，在林盈睿把球帶到前場之後高高舉起右手，利用眼神說，把球傳、給、我！

林盈睿沒有立刻傳球，現在向陽領先十四分，該著急的不是向陽，而是光北，他不能急中生錯。

林盈睿對辜友榮比出緩一緩的手勢，指揮隊友跑位，利用快速的傳球還有空手走位轉移光北的注意力，在進攻時間剩下十二秒時，在右邊邊線持球的陳信志抓到機會，地板傳球給辜友榮。

辜友榮接到球，魏逸凡與麥克馬上衝過來要包夾，辜友榮不等他們過來，下球轉身往籃框切，想要利用噸位跟身高擠開高偉柏。

只不過，這一次辜友榮寫好的劇本沒辦法順利劃下句點，高偉柏判斷辜友榮故技重施，在辜友榮要靠上來的瞬間身體往後退，讓辜友榮失去重心。

辜友榮差一點跌到地上，在慌亂之間連忙把球抓在手上，這時魏逸凡與麥克包夾過來，三個人團團包住辜友榮。

「友榮！」、「球！」、「傳球！」

外圍的隊友連忙大叫出聲，提醒辜友榮自己的位置，辜友榮很想把球傳出去，但是面前有六隻手，讓他傳球變得困難重重。

這個時候，哨音響起，底線裁判喝道：「走步違例，球權轉換！」

謝雅淑興奮地站了起來，「高偉柏，守得漂亮！大家把握這次機會，繼續把比分拉近，時間還夠，大家加油！」

吳定華也從板凳上站起來，鼓勵場上球員，「守得好，穩穩打一波！」

辜友榮心不甘情不願地把手中的球交給裁判，為這次失誤感到憤怒，這次強攻非但沒有得分，還是以失誤收場，在這個王牌對決裡，不就代表李光耀比自己強嗎！？

這樣的結局，讓辜友榮難以接受。

場邊的顏書洋似乎感受到李光耀散發出來的威脅性，喊道：「和淳、信志，注意二十四號！」

接到麥克底線發球的李光耀，聽到向陽總教練的大喊聲，臉上出現微笑，甚至還發出了詭異的嘿嘿嘿笑聲。

正準備跑到前場的麥克聽到李光耀的笑聲，嚇了一跳：「你……你怎麼了？」

「我太興奮了，你沒聽到向陽總教練剛剛說的話嗎？這種感覺實在是太爽了。」李光耀止不住臉上的笑容，「不過我會讓他知道，不管他們怎麼做，都絕對守不住我。」

李光耀快步過半場，發現向陽小前鋒跟大前鋒站位靠前，擺明就是要阻止他的切入。

在向陽防守意圖如此明顯的情況下，李光耀沒有任何猶豫，立刻發動攻勢。

面對林盈睿的防守，李光耀壓低重心往右切，而這一次林盈睿跟住李光耀的動作，甚至想要抄球，不過就在他伸手的瞬間，李光耀轉身乾淨俐落地擺脫林盈睿。

——李光耀的實力，遠遠在林盈睿之上！

擺脫林盈睿後，李光耀在罰球線收球準備跳投出手，不過就在出手瞬間，翁和淳撲上來，完全抓準李光耀出手時機，右手往球揮過去。

然而，這正是李光耀的目的。

籃球是一項團隊運動，自己單打獨鬥，絕對比不上串連全隊來得有效率。

因此，吸引翁和淳補防之後，李光耀在空中把球傳給右邊底線的魏逸凡。

向陽的注意力太集中在李光耀身上，魏逸凡接到球時無人防守，拿球就要出手投籃，大前鋒陳信志連忙移動腳步要撲向魏逸凡，卻中了假動作。

魏逸凡運球往左切，過了被他晃起來的陳信志，眼神堅決地往禁區殺。

辜友榮看到魏逸凡跟剛剛的李光耀一樣要挑戰禁區，站前一步，張開雙手，心想，連你也敢挑戰我？

不過魏逸凡非但沒有退縮，反而堅決地收球跨兩步，奮力跳起，而在這個瞬間，辜友榮退縮了，第三節比賽還有五分多鐘，他身上有一次犯規，如果這時候又被吹犯規，說不定會對戰局產生難以預測的影響。

沒有辜友榮的阻擋，魏逸凡輕鬆地上籃得手，幫光北再得兩分。

比數四十二比五十四，在第三節比賽剩下五分三十一秒時，光北隊把差距縮小到十二分。

這個差距讓顏書洋感受到危機，大步走到紀錄台面前，比出暫停的手勢，「暫停！」尖銳的哨音頓時響起，「向陽高中，請求暫停！」

這一個暫停，讓光北的球員走下場時獲得了英雄式的歡呼，劉晏媜帶領著啦啦隊與學生加油團大喊：「光北、光北、光北、光北、光北！」

一回到板凳區，顏書洋與李明正抓緊時間對球員下達指示。

顏書洋拿著戰術板，低沉地說道：「你們剛剛應該都有注意到光北的二十四號，等一下防守的時候要特別小心他，不要因為我們現在還有雙位數的領先就粗心大意，這一場比賽還沒有結束，不要鬆懈。你們已經努力了這麼久，今天一口氣把你們之前努力的成果拿出來。」

「聽好，如果二十四號拿到球，盈睿跟上磊，你們兩個人馬上上去包夾他，二十號三分球很準，他在外圍被包夾很有可能傳給二十號，這個時候就是抄球的好機會！」

顏書洋直接用手擦去筆跡，重新畫戰術，「如果他把球傳給魏逸凡或者高偉柏，不要去管那個黑人，那個黑人除了搶籃板球之外什麼都不會，和淳跟信志你們兩個人合力包夾，禁區還有友榮在不用怕，現在光北戰術打得非常單調，憑你們的能力要把他們守死絕對不是難事，記住，防守的時候大家要溝通。

「進攻端，待會光北一定會針對友榮進行重點防守，這個時候就是我們的機會，盈睿、上磊，等一下繼續針對光北二十號做攻擊。」

「是，教練。」

「信志、和淳，等一下盡全力對黑人進攻，他的表現很明顯就是沒什麼經驗的球員，打爆他。」

「是！」

「不要被光北的氣勢影響，他們跟別的球隊一樣，只是阻擋在你們前面的石頭，差別只是這個石頭比較大顆而已，他們的缺點跟弱點非常明顯，只要集中打這些弱點，勝利絕對是屬於我們的，友榮，等一下上場，好好運用你的牽制力幫隊友製造機會。」

「好。」

「記住，不要輕敵，把光北往死裡打，不要客氣，不要讓他們有喘息的空間，讓他們知道你們真正的實力！」

另外一邊，光北高中。

「光耀、逸凡，你們兩個剛剛做得非常好，勇於挑戰禁區，等一下有機會繼續積極進攻籃框，逼他們縮小防守圈，這樣忠軍就有機會投三分，內外都打出來，我們一定可以逆轉這場球賽！

「偉柏，你今天做的防守非常好，辛苦你了，這一場比賽還沒有結束，我們還需要你。」

「是，教練！」

「逸凡，你剛剛的禁區強攻我非常喜歡，只要你敢衝，以你的能力要得分或者製造犯規都不是難事，對自己有信心點。」

「是。」

「麥克，回想一下你這三個月學到的東西，等一下把這些東西一口氣發揮出來。」

「是。」

「忠軍，你一上場就投進兩顆三分球，代表手感不錯，等一下如果在外線有機會，儘管投沒關係，你這個點一打出來對我們的進攻端會有非常大的幫助。」

王忠軍微微點頭。

「光耀，現在向陽一定注意到你，等一下上場之後，你要好好運用你的牽制力，幫助隊友用更輕鬆的方式得分。」

李光耀用力點頭，「好，沒問題！」

李明正看著球員，語氣堅定地說：「記住，你們是最強的，齊心協力，這個難關，你們一定跨得過！」

謝雅淑這時候站了起來，舉起右手，「大家加油，讓我們一起拿下冠軍，明年的一月一起站上更大的舞臺，來，隊呼！」

上。

「好！」光北所有球員從椅子上站起來，以謝雅淑為中心圍了個圈，伸出手，放在謝雅淑手上。

「光北！」

「加油！」

「光北、光北！」

「加油、加油！」

「光北、光北、光北、光北！」

「捨、我、其、誰！！！」

★

嗶！尖銳的哨音響起，暫停時間結束，裁判用手勢示意兩邊球員上場。

光北很快在後場擺出縮小防守圈的防守陣式，而向陽大軍壓境，發球進場之後很快發動攻勢。

林盈睿控球，右腳一跨過中線，馬上把球傳給溫上磊，自己跑到左邊底角三分線埋伏，這時辜友榮站到高偉柏身前，把高偉柏緊緊卡在身後，高舉右手要球，「嘿！」

辜友榮吸引了光北所有的注意力，為了能夠馬上對辜友榮包夾防守，魏逸凡與麥克的腳步不約而同地往辜友榮移動。

溫上磊沒有忘記顏書洋剛剛的指示，趁這個機會把球傳給大前鋒陳信志。

陳信志在罰球線左下的位置接到球，麥克連忙站到陳信志身後盯住他。

陳信志眼睛左右掃視，尋找外圍的空檔機會，本來想傳給埋伏在左邊底角的林盈睿，但是林盈睿卻用手勢叫他自己打。

離籃框越近命中率越高，也越容易造成犯規，這是籃球場不變的真理，比起命中率不到三成的三分投射，林盈睿更相信陳信志可以利用進攻腳步跟經驗為向陽帶來直接的貢獻。

陳信志於是轉身面向籃框，看著麥克，首先做了給辜友榮的傳球假動作，準備踏出向右的試探步時，發現麥克整個身體已經轉向辜友榮，索性下球往右切。

這個黑人，也太好騙了吧！

麥克發現辜友榮手上沒有球時，心中叫糟，轉過頭看到陳信志往籃底下切，一個箭步追了上去。

陳信志切入禁區，本想直接上籃拿分，但是眼角餘光看到麥克追上，瞬間改變心意，收球做了投籃假動作，又把麥克騙了起來。

按照陳信志寫好的劇本，麥克會為了阻止他得分而下手犯規，但是當陳信志算好時間，跳起來要在籃下出手投籃時，發現麥克竟然還在空中，正要落下而已。

陳信志大吃一驚，麥克的跳躍力跟停留在空中的時間遠遠超乎他的預料，但是箭在弦上不得不發，已經跳起來的陳信志往麥克靠過去，主動製造身體碰撞，雙手胡亂把球投出，球甚至連籃板都沒碰到。

底線馬上傳來尖銳的哨音，裁判高舉右手，左手指著麥克，「光北九十一號，阻擋犯規，罰兩球！」

一聽到哨音響起，光北場上四人馬上趕到麥克身旁，給予鼓勵與安慰，麥克最大的弱點不是球技，而是心理層面的軟弱。

李光耀拍拍麥克的肩膀，在如此重要的比賽裡，李光耀依然半開玩笑地說：「被騙了吧，而且你還連續被騙了兩次，這就是經驗的差距，不用放在心上，多被騙幾次之後就學會了，哈哈哈。」

魏逸凡則說：「麥克，下次如果陳信志再拿到球，你專心防守就好，不用擔心，還有我可以補防。」

高偉柏也說：「我剛剛不是成功守下辜友榮了嗎，不用那麼擔心我啦。」

王忠軍沒有說話，拍拍麥克的胸口，表示不要把這次的犯規放在心上。

場外的謝雅淑站起身大喊：「麥克，沒關係，下一球守下來就好，不要再去想這次犯規，把精神集中在下一球上！」

麥克感受到眾人傳來的鼓勵，心裡感到無比溫暖，自責的情緒因而消失不見，大步站到籃框右邊，讓裁判可以執行罰球。

裁判見到兩隊球員在籃框兩側站好，陳信志做出準備好了的手勢，大喊：「罰兩球。」

比起辜友榮，陳信志在罰球線上的表現好上不少，命中率將近七成，穩穩地罰進第一球，不過第二球出手軌道有些微偏移，落在籃框上彈了出來，麥克積極卡位，運用傲人的臂長搶下籃板球，不給向陽二次進攻的機會。

陳信志不甘心地用力拍手，他本來想要製造犯規進算，沒想到結局卻只靠罰球拿到一分而已。

比數四十二比五十五，雙方差距十三分。

這時，在劉晏媜的帶動下，觀眾席上再次傳來鼓譟聲：「李光耀、李光耀、李光耀、李光耀、李光耀、李光耀、李光耀！」

場上，李光耀接住麥克的傳球，運球過半場。

看著李光耀靠近，感受到無法用言語述說的壓迫感，辜友榮在禁區裡大喊：「大家守一波，禁區就交給我！」

向陽其餘四名隊友宏亮地回應：「好！」

李光耀不過連續投進三球，就對向陽造成這麼大的壓力，可以說透過這場比賽，李光耀正式在高中籃球聯賽綻放出驚人的光芒，對大家預言台灣即將出現一個耀眼的籃球新星。

這樣的李光耀，當然並不滿足，乙級聯賽只是一個讓他前往甲級聯賽的跳板，不是他該停留的地方。

乙級聯賽的天空太小，無法讓老鷹展翅飛翔。

甲級聯賽，才是一個可以讓他發光發熱的舞臺。

李光耀在弧頂外兩步的地方停下，觀察向陽的防守，絲毫沒有把球傳出去的意思。在進攻時間剩下十六秒，第三節比賽剩下四分五十六秒的時候，他對魏逸凡抬了抬下巴。

在這三個月的時間與李光耀培養出來的默契，讓魏逸凡馬上跑到弧頂幫他單擋掩護。

李光耀隨即利用掩護運球往右邊切，小前鋒翁和淳大喊一聲：「我來！」移動腳步上前補防。

李光耀頓時停下腳步，眼睛瞄向籃框，身體微微一沉，左手準備收球，翁和淳心裡一急，連忙跳起來封阻，卻中了李光耀的收球假動作。

翁和淳心裡叫糟，卻只能見李光耀繼續往禁區切。

籃下，則是向陽最後一道，也是最堅強的防線，辜友榮。

辜友榮瞪著李光耀，你休想在我頭上再拿到任何分數！

然而李光耀這一次並沒有挑戰籃框的意圖，吸引辜友榮的注意力之後，地板傳球給從左邊空手切的魏逸凡。

擁有甲級聯賽經驗的魏逸凡，趁李光耀吸引所有的目光，在最適當的時機空手切進禁區。

一接到球，魏逸凡馬上跳起來準備出手，辜友榮慢了半拍才跳起來，但是身高的優勢讓辜友榮充滿信心，能夠影響甚至封蓋魏逸凡的投籃。

不過就在辜友榮起跳的瞬間，魏逸凡把球往下一傳，隱蔽地交給衝進籃下的高偉柏。

因為防守辜友榮而悶了一整場的高偉柏，在完全空檔的情況下接到球，當然不會客氣，藉著衝進籃下的力道跳起來，看著籃框彷彿看著仇人一般，雙手把球往籃框塞。

砰！

高偉柏灌籃得手，甚至故意扯了籃框一下，讓籃球架搖搖晃晃彷彿會垮下來一般，鬆開雙手落地後，仰天大吼，把累積在胸口的鬱悶一口氣宣洩出來。

這次灌籃幫助光北繼續追近比分，比數四十四比五十五，雙方差距十一分，也讓高聖哲拿起旗子用力揮舞，「兒子，好球！」

光北學生興奮地齊聲大喊：「光北、光北、光北、光北、光北、光北、光北！」

顏書洋緊咬牙根，眼睛盯著回防的李光耀，這個小子到底是從哪裡冒出來的，只是一個高中生，打法竟然這麼成熟，光北這幾波進攻，都是由他帶動起來的。

顏書洋握緊拳頭，才第一年創隊，陣中就有楊真毅、魏逸凡、高偉柏、李光耀這種實力超越乙級的球員，光北啊光北，如果比賽真的被你們逆轉，那麼我們這幾年的努力又算是什麼？

顏書洋在場外大喊：「嘿，大家回想一下我剛剛的指示，穩穩地打，不用急，打出我們的節奏，現在在場上有優勢的是我們啊！」

聽到顏書洋的大喊聲，向陽場上五名球員打起精神，自從李光耀上場之後，他們的節奏就出現被光北牽著鼻子走的情形，不過剛剛暫停時顏書洋的指示，讓他們知道光北場上存在著兩個很明顯的弱點可以攻擊，而且陳信志剛剛確實也靠著罰球拿到分數了。

不需要慌張，不需要被光北影響，專心攻擊這兩個弱點，勝利是屬於向陽的。

林盈睿很快把球帶過半場，「好，穩穩地打一顆！」話一說完，把球傳給左邊側翼的溫上磊，而站在他面前的，是王忠軍。

溫上磊拿到球的瞬間，向陽利用空手跑位清出空間，拉大光北的防守圈，讓溫上磊可以無後顧之憂地單打王忠軍。

溫上磊沒有讓隊友失望，壓低重心向右切，突破王忠軍的防守，一路切進禁區，在籃框前兩公尺的地方遇到麥克的補防，大角轉移（註二），把球傳給右側三分線外的林盈睿。

李光耀連忙衝過去阻止林盈睿投三分球，而林盈睿拿球往上一比，晃開李光耀之後運球往禁區切，吸引魏逸凡的補防，地板傳球給開後門溜進禁區的陳信志。

麥克的進步幅度雖然很大，但是他接觸籃球的時間實在太短，缺乏比賽經驗，到了關鍵的第三節，防守的缺陷完全放大開來。

當麥克轉頭一看，發現自己對位防守的陳信志在籃底下接到球時已經來不及，只能眼睜睜看著陳信志輕鬆地出手投籃，打板得分。

在這一波進攻中，向陽徹底利用王忠軍跟麥克這兩個弱點，順利拿到兩分。

比數四十四比五十七，向陽展現出多年培養而出的團隊默契與實力，把比分拉開。

這個進球也稍稍撲滅了光北炙熱的氣勢，只不過向陽知道他們還不能放鬆，接下來還有更重要的任務，那就是守住李光耀。

觀眾席上，因為球隊沒守住向陽進攻，光北學生不免露出失望的神情，但是當他們看到李光耀接到球時，失望立刻變為期待。

光北的對面，五百名向陽學生見到李光耀又接到球，一股不安的情緒在眾人心中蔓延開來，開始大喊：「防守、防守、防守、防守、防守！」

李光耀運球過半場，此時的他因為太過專注而聽不見向陽的防守聲浪，大腦快速運轉，思考這一波進攻要怎麼打。

不過顏書洋顯然不打算給李光耀任何思考的時間，在場外下達指示，「盈睿，上去守他！」

林盈睿立刻移動腳步，上前貼身防守，雙手故意揮舞，干擾李光耀的運球跟視線。

李光耀利用身體當掩護，穩穩地運球，心想，既然如此，那就直接上吧！

李光耀身體猛然一沉，壓低重心往左切，林盈睿連忙往右邊退，但是李光耀一個快速的換手運球，看似簡單地甩開林盈睿，從弧頂三分線切進向陽的防守裡。

第二道防線很快到來，陳信志擋在李光耀的進攻路線上。

李光耀肩膀左右晃動，混淆陳信志的判斷力，身體往右傾，想要從右邊突破，然而李光耀動作做得太早，讓陳信志可以即時往左擋，心想一定要守住李光耀！

不過也就是在這時候，李光耀收球轉身，俐落地閃過陳信志的防守，面對籃框後跳起來就要出手投籃。

辜友榮與翁和淳兩人立刻撲上去，要封住李光耀的跳投，這時魏逸凡在右邊邊線再次出現空檔，是傳球的好時機，但李光耀的野心更大，在空中扭動身體，雙手把球用力傳給左邊側翼，無人防守的王忠軍。

一看到王忠軍拿到球，顏書洋心中叫糟，大家注意力都集中在李光耀身上，反而漏了王忠軍這個射手。

王忠軍接到球，面前就是一個大空檔，馬上拔起來，跳投出手。

然而，在這個命中率高達七成的地方，王忠軍這次卻沒能為光北拿分，出手後大叫：「籃板球！」

聽到王忠軍的預警，禁區馬上擠成一團，因為防守方站位比較靠近籃框，籃下卡位對向陽較為有利，更別說向陽還有著一柱擎天的怪物，辜友榮。

溫上磊見到辜友榮把籃板球抓下來，立刻往前場衝，「球！」

辜友榮連看都沒看，轉身就把球往前場甩，麥克跟高偉柏想要阻止都來不及。

為了求快，辜友榮並沒有傳好，溫上磊慣用手是右手，所以他跑在球場右側，但是辜友榮卻把球丟到左邊，讓溫上磊必須跑到左邊接球，也拖慢了一點速度。

溫上磊追到球，運球往籃框衝，算好腳步就要收球上籃，但也就是在這個時候，場邊的隊友對他大喊：「小心後面！」

溫上磊往後一看，發現李光耀像一隻全力奔跑的獵豹，疾速從後衝過來，溫上磊感到一陣心慌，深怕被李光耀從後面蓋火鍋的他，選擇繞出三分線外，等待隊友過來。

李光耀心裡暗暗鬆了一口氣，其實剛剛他根本沒有把握可以追上溫上磊，好險溫上磊被他嚇到，選擇把節奏慢下來。

向陽其餘四名球員很快來到前場，光北也按照二三區域聯防的位置站好，這時第三節比賽剩下三分五十九秒，時間正一分一秒無情地流逝。

向陽在成功守下光北的進攻之後，心裡的壓力頓時減少了，溫上磊也刻意放慢節奏，讓隊友可以緩一緩，喘一口氣，在進攻時間剩下十四秒的時候把球傳給林盈睿。

林盈睿在弧頂三分線外兩步的地方接到球，高舉右手，指揮隊友跑位，繼續執行教練的指示——攻擊光北的弱點。

面對王忠軍，林盈睿身體一沉，運球往左切，直接過了王忠軍的防守。

整場比賽到目前為止，王忠軍都像是五分熟的肋眼牛排，令人垂涎而且一切就開。

光北的防守出現缺口，讓麥克必須放下陳信志上前補防，而外圍的翁和淳與溫上磊同時往禁區空手切，對光北施加壓力。

面對高大的麥克，林盈睿選擇把球傳給從左側三分線衝過來的翁和淳，翁和淳接到球就想要拔起來跳投，不過魏逸凡的補防讓他改變主意，小球交給右邊的陳信志。

陳信志在狹小的禁區裡接到球，立刻出手投籃，辜友榮在禁區待得太久，如果不出手一定會被吹籃下三秒。

就在陳信志出手的瞬間，一道黑影從旁邊飛了過來，陳信志眼角餘光發現是麥克，想起剛剛自己強攻禁區，本來打算犯規進算賺一次三分打，卻因為麥克驚人的體能天賦而只在罰球線上拿到一分，擔心這一球會被麥克蓋火鍋，馬上加快出手的速度。

然而在別人眼裡，陳信志這一球出手的動作卻是突然變得又怪又扭曲，場外不懂籃球的學生以為陳信志哪裡抽筋，但對於懂籃球的人，知道陳信志是受到麥克的影響才會出現這樣詭異的動作。

上天是不公平的，麥克在這場比賽用這一球證明這句話，接觸籃球僅僅三個月，散發出來的嚇阻力就足已影響打球超過三年的陳信志，天賦的差距，就在這裡顯現出來。

陳信志出手過於用力，球彈籃框而出，不過光北還來不及高興，辜友榮抓準時機，在人群之中抓下了進攻籃板，落地之後馬上跳起來出手投籃。

在這種情況下，高偉柏根本沒辦法阻擋辜友榮，眼見辜友榮就要輕鬆地在籃下投籃得分，李光耀從外圍衝了進來高高跳起來，竟然把辜友榮投出的球釘在籃板上。

「哇啊！」現場一片嘩然，就連光北都沒有想到在最後一刻李光耀可以用這種令人振奮的方式，賞了辜友榮一個大火鍋。

註　二：進攻方在進攻時，大多數情況下會從左右兩側發動攻勢，而不會從正中間。持球者在左邊時，兩隊攻防重心都會傾向左邊，稱之為強邊，右邊則稱之為弱邊，反之亦然。進攻方在發動攻勢時，把球從強邊直接長傳到弱邊，稱之為「大角轉移」。

球往下掉，高偉柏眼明手快地拿住球，但是向陽反應很快，翁和淳、辜友榮、陳信志馬上把高偉柏團團圍住。

在禁區狹小的空間被團團包圍，高偉柏找不到傳球機會，擔心會被吹八秒違例的他，心一橫，把球往外一丟，想碰碰運氣，看隊友會不會接到他亂傳的球。

但是其他人連搶球的機會都沒有，高偉柏的傳球被陳信志撥到，最後被辜友榮拿到，用力一個運球，跨步進籃下，高高跳起，又要雙手灌籃。

辜友榮緊盯著籃框——**這一次，我看還有誰能夠擋我！**

然而人算不如天算，辜友榮正要把球重重地塞進籃框裡，一道黑影從旁邊飛了過來。

麥克心裡害怕不已，辜友榮比他高又比他壯，如果撞上他，自己說不定會被彈飛，可是麥克知道如果不把辜友榮擋下來，這一場比賽光北會很危險。

我要保護籃框，我要保護李光耀的夢想，我要跟他一起到甲級聯賽打球！

勇氣擊敗恐懼，讓麥克正面面對辜友榮，右手用力地把辜友榮手中的球拍飛。

「哇啊！」嘩然聲再次響起，短短不到五秒鐘，辜友榮這個王牌球員竟然就被連續蓋了兩次火鍋，任誰都沒想到向陽這波進攻竟然會出現如此狼狽不堪的局面。

但是向陽沒有人在乎這件事，因為被拍飛的球被魏逸凡拿下來之後，立刻到了李光耀手裡，他們現在一心只想著要衝回去後場防守。

李光耀像是離弦之箭一樣往前場衝，速度快得嚇人，明明還要分心運球，但是卻跑得比任何一個回防的向陽球員還要快。

李光耀衝到前場，身邊沒有任何人防守，向陽的球員全部都跑在他後面，李光耀當然不會放過這難得的機會，深吸一口氣，在罰球線收球，用力踏兩步，左腳用力往下踩，經年累月訓練的腿部肌肉讓李光耀像是火箭一樣升空，左手像翅膀般往旁邊延展，右手拿球往後拉，用力塞進籃框之間。

砰！

球館內傳來了一聲炸響，李光耀這一球灌得非常用力，讓大家以為他要把籃框整個扯下來似的，整個籃球架止不住地搖晃，震耳欲聾的歡呼聲隨即傳來。

觀眾席上的光北學生激動到站起來，齊聲大喊著：「李光耀、李光耀、李光耀、李光耀、李光耀！」

見到李光耀這個灌籃，葉育誠、楊翔鷹、高聖哲、院長、沈佩宜同時起了雞皮疙瘩，不論是運球推進的速度，彈跳的高度，最後灌籃時散發出來的霸氣，李光耀在這場比賽中展現出來的一切，一次又一次地推翻他們對他真正實力的猜想。

在他們心中的李光耀已經很強，但是現實中的李光耀，竟然更強！

比數四十六比五十七，差距回到十一分，第三節比賽還有三分四十一秒，要照李明正預測的在第三節結束把比分追到個位數的差距，時間上綽綽有餘。

李光耀這一記灌籃帶給光北隊無窮的希望，觀眾席上的蕭崇瑜興奮地說：「苦瓜哥，我覺得這一場比賽光北有很大的機會可以逆轉，李光耀實在太強了！」

「還早，光北現在落後十一分，他們的對手可是向陽高中，一個灌籃根本算不了什麼。」苦瓜極力壓下激動，但顫抖的聲音卻背叛了他。

太像了，真的太像了，李光耀在第三節的表現，不論是動作或者散發出來的氣勢，都跟當初的李明正一模一樣！看著李光耀，就好像是看著當年帶領光北對抗啟南的李明正一樣，回憶不斷湧上，熱血流入胸口，讓苦瓜有種時光倒流的感覺。

看著李光耀，想著李明正，讓苦瓜眼眶一紅，心想，李明正，當初你的消失，讓我覺得台灣的籃球越來越無聊，好險你的兒子跟你一樣，是個不折不扣的笨蛋，能力與風範也都跟當年的你如出一轍！

去吧，擊敗向陽，到甲級聯賽去，那個地方才是屬於你的舞臺！

整座球館充斥李光耀跟光北的喝采聲與加油聲，彷彿現在領先十一分的是光北而不是向陽。

顏書洋深深皺起眉頭，這一刻他確切感受到危機，稱霸乙級聯賽的這幾年來，沒有任何一支球隊能夠像是光北一樣，在追分的時候散發出如此可怕的氣勢，更沒有一支球隊跟光北一樣，擁有李光耀這樣的球員。

儘管心裡出現焦急的情緒，顏書洋卻沒有將這樣的情緒表露出來，在場外對球員喊道：「穩下來，不要被影響，注意節奏。」

場上的林盈睿立即放慢腳步，比起在這一波進攻中拿分，更重要的是讓大家起伏不定的情緒安穩下來。

於是林盈睿雙腳跨過中線之後，就再也沒有移動腳步，利用這樣的方式讓隊友知道現在該好好的穩下來，別被光北影響。

林盈睿運著球，眼睛盯著紀錄台上的計時器，大膽地等到進攻時間剩下十二秒的時候才發動攻勢。

按照顏書洋剛剛的指示，現在應該繼續攻擊王忠軍跟麥克這兩個弱點，可是林盈睿沒有這麼做，因為在他的想法裡，認為在這種光北氣勢不斷上漲的時候，要把球交給當家王牌處理，讓他帶領球隊走出困境。

林盈睿運球到弧頂外停下，高吊傳球給站在罰球線的辜友榮。

辜友榮奮力一跳，抓下球，知道現在正是球隊需要他的時候，馬上發動攻勢，魏逸凡與麥克則當機立斷，放下自己防守的翁和淳與陳信志，包夾過去。

辜友榮注意到包夾，卻不打算把球傳出去，厚實的身軀用力往高偉柏一靠，讓他整個人後退了一大步，擠出空間之後，收球轉身，籃框就近在眼前。

就在辜友榮準備出手的瞬間，麥克即時來到辜友榮面前，讓他沒辦法在第一拍就把球投出，而且在麥克之後，高偉柏也貼了上來，逼辜友榮必須後仰跳投出手。

「嗯？」這樣的出手方式，讓顏書洋皺起眉頭，心裡有了不妙的預感。

辜友榮心中還存在被麥克蓋火鍋的陰影，這一球為了閃躲麥克跟高偉柏，投球弧度拉得很高，雖然閃過兩人的火鍋，不過球卻落在籃框前緣彈了出來，而魏逸凡就是等這個時候，眼明手快地把籃板球抓了下來。

「辜友榮沒力了！」高聖哲在觀眾席上大叫。

葉育誠隨即附和，「第二節他只休息兩分鐘，看得出來他動作變慢，體力下滑了！」

另外一邊，蕭崇瑜興奮地說道：「辜友榮受到重兵看防，又要顧好進攻、防守、搶籃板，體力下滑是理所當然的，現在正是光北追分的好時機！」

「苦瓜哥，我說得對不對？」

苦瓜沒有理會蕭崇瑜，身體往前傾，注意力全部放在場上。

就連場外的人都發現辜友榮體力下滑，更何況是在球場上奔跑的球員。高偉柏在與辜友榮對抗之中，就發現辜友榮頂來的力氣變小，轉身的速度也變慢，顯而易見就是沒力了。

不用任何人提醒，光北場上五名球員上緊發條，決心要把這球打進，因為不管是兩分球或者三分球，都將幫助球隊把比數拉近到個位數的差距。

這波進攻如此重要，球當然交給對位上最有優勢，單兵攻擊能力最強的李光耀。

魏逸凡在搶下籃板球之後，馬上把球交給他。

在這種時刻，誰都想當英雄，魏逸凡也不例外，他曾經是榮新高中的先發，他有他的驕傲與自尊，可是現在他是光北高中的球員，在場上所做的決定就要以光北高中為考量，必須放下驕傲與自尊，無私地為光北高中付出，用這樣的方式帶領光北高中踏上更高的舞臺。

李光耀快速地運球過半場，手上的球承載著無數人對他的期望，而這些期望轉化成壓力，放在他的肩膀上，不過李光耀沒有被這些期望壓垮，相反的，他還要帶著這些期望，繼續往前走。

林盈睿站在李光耀面前，吞了一口口水，心跳加速，比賽到了現在，就算他極度不想承認，但是李光耀的實力就像是一台坦克，可以輕而易舉地將他碾碎，他根本守不住李光耀，現在的他，只希望多少能夠影響李光耀，讓後面的隊友可以預判他的動向。

李光耀看了林盈睿一眼，身體猛然一沉，跨步往左切，第一步爆發出來，林盈睿連忙跟上，這一次沒被甩開，同時翁和淳、陳信志完全不管魏逸凡與麥克，形成第二道防線，而辜友榮高舉雙手，在籃下等待李光耀的到來。

這一球絕對要守下來，不能再被李光耀投進！

見到重重防守，加上又沒甩開林盈睿，李光耀腳步停下來，收球，以右腳為軸心向右轉身，林盈睿心中一喜，認為李光耀不敢往禁區切，現在要轉身跳投出手。

林盈睿腳步往左邊一跨，準備擋下李光耀的跳投，但卻撲了空，因為李光耀這個轉身，只是假動作。

李光耀左腳一踏，身體轉回面對籃框，林盈睿完全被他晃開，翁和淳與陳信志才要衝上來的瞬間，李光耀後仰跳投出手。

球劃過彩虹般的美妙拋物線，隨後激起的清脆聲音，讓觀眾席上的學生陷入瘋狂。

「李光耀、李光耀、李光耀、李光耀、李光耀！」

比數四十八比五十七，比分回到個位數的差距，第三節比賽還有三分十二秒，光北隊急起直追，讓向陽倍感壓力。

就在這個時候，顏書洋做了一個讓大家吃驚的決定，「士閔，去把友榮換下來！」

★

吳定華從椅子上站起身來，大步走到李明正身旁，努力壓低聲音：「明正，你到底是跟光耀說了什麼，為什麼他又不出手了？」

李明正轉頭看了吳定華一眼，露出了惡作劇般的笑容，「沒什麼，我只是跟他說整場比賽他只能在下半場出手，而且第三節最多只能夠出手五次，第四節則是隨便他。」

吳定華深吸一口氣，使盡全力讓自己語氣顯得心平氣和，「今天這一場比賽可是乙級聯賽的冠軍賽，攸關我們能否打進甲級聯賽，我們的對手是向陽，明正，我們很需要光耀。」

李明正笑容收斂，「我當然知道這一場比賽很重要，所以我才會決定這麼做，我比你更了解光耀，所以這樣的出手次數，我認為非常合理。」

「可是我們……」

李明正對著向陽板凳區的方向抬了下巴，「還是你要光耀跟那個大個子一樣，因為體力下滑不得不下場休息？下一節可就是決勝負的第四節了，就跟你說的一樣，我們非常需要光耀，所以我希望光耀以最好的狀態進入第四節，第三節如果讓他出手太多次，一定會影響到他第四節的體能狀況，第三節只要把比數追近就夠了，第四節才是我們該傾全力逆轉比賽的時刻。」

李明正轉頭看向吳定華，「這個理由，可以接受嗎？」

叭！這個瞬間，紀錄台傳來宏亮的聲響，第三節比賽結束，雙方球員汗如雨下，走到各自的板凳區休息。

在第三節剩下兩分五十秒的時候，場上出現犯規，羅士閔依照顏書洋的安排，上場把疲累的辜友榮換下場。

辜友榮走下場，經過顏書洋身邊的時候，顏書洋說道：「好好休息，第四節球隊需要你。」

辜友榮黯淡的眼神頓時出現光亮，堅定地說：「是，教練。」

有趣又讓人意外的是，在這剩下來將近三分鐘的時間裡，在第三節展現出強大個人能力的李光耀竟然沒有趁機大殺四方，第三節尾端沒有任何出手，而光北的防守也因為辜友榮下場而鬆懈下來，向陽利用快速的跑位與王忠軍、麥克兩個弱點，連續打進兩波攻勢，反觀光北，在比數追到個位數的差距之後，好像洩了氣的皮球一樣，不管是魏逸凡的籃下強打或者是王忠軍外圍的三分投射都沒能為光北得分，所幸在第三節結束前，麥克的籃下補籃幫助光北拿到兩分。

第三節比賽結束，比數五十比六十一，雙方差距十一分。

休息時間。

向陽這一邊，顏書洋首先做了陣容的調配，「第四節士閔跟盈睿下來，友榮跟國良上。」

顏書洋拿出戰術板，開始指導戰術，「第四節光北還是會用縮小防守圈的戰術，他們只會那一套。國良，待會上場就發揮出你的速度攪亂光北的防守，光北沒有一個人擋得下你的切入。上磊，不管是國良的切入吸引協防，或者友榮在禁區受到包夾，只要你在外圍接到球，空檔就出手，不用追求三分線外的得分，你外圍的進攻能力是隊上最平均的，用你最喜歡的出手方式得分。」

「好。」溫上磊盯著顏書洋手上的戰術板，點點頭。

「友榮，光北等一下一定會繼續對你做出針對性的防守，比賽到了現在，你應該也發現光北不是我們可以輕鬆應付的對手，如果我們輕敵很有可能會摔一大跤。大家努力這麼久，等的就是這一刻，這場比賽只能贏不能輸。我知道你很強，所以等一下你要發揮出你的影響力，遇到包夾就把球傳出去，外圍一定有空檔。信志、和淳，我知道你們很累了，不過比賽剩最後十分鐘，球隊還需要你們，你們再辛苦一下，注意友榮，如果友榮被包夾，緊接著就是你們得分的機會。」

「是，教練。」辜友榮、陳信志、翁和淳齊聲說道。

辜友榮明白顏書洋的意思，這一場比賽不容他繼續任性，在明明看到包夾的情況還硬打禁區。前三節比賽可以利用身高強打，但是在決勝負的第四節就要融入團隊，向陽的勝利才是最重要的目標，其餘的個人表現都要放到一邊去。

顏書洋把戰術板上的筆跡直接用手抹去，畫上防守戰術，「第三節我們一度領先光北二十分，但是光北竟然在短短不到十分鐘的時間就把差距追到只剩下九分，他們的得分爆發力非常可怕，尤其是那個二十四號球員，他的個人單打能力很強，待會光北發球過半場之後，上磊你別管其他人，直接上去貼身防守他，不要讓他有輕鬆接球或運球突破的機會，以不要犯規為前提去干擾他，等一下我們守二三二，只要上磊被過，信志跟和淳馬上去補防，裡面還有友榮這道最後的防線，不用擔心其他人，專心堵住二十四號。」

「是！」

「友榮，守二三二你會變得很辛苦，防守一定要講話，指揮隊友，讓隊友分擔你的壓力，只要守住二十四號，第四節比賽我們就先贏了一半，高偉柏跟魏逸凡都不是你的對手，他們沒有一個人守得住你。」

顏書洋表情堅定，「這一場比賽，贏的一定是我們！」

光北這邊。

李明正對球員說道：「麥克，第三節比賽辛苦你了，等一下真毅上場，偉柏，待會要繼續辛苦你扛中鋒的位置。」

高偉柏飽足中氣地說：「包在我身上！」

「好。」李明正繼續說：「忠軍，你第三節辛苦了，等一下先休息。」

王忠軍點點頭，接受這個調度的安排。他知道自己的防守能力實在太差，第四節如果繼續留在場上，一定會被向陽當成箭靶攻擊。

「大偉，球隊需要你的防守，十一分的差距不算多，我們知道，向陽也知道，他們第四節一定會繼續狂轟猛打，外圍的防守就交給你了。」

在板凳區休息很久的包大偉，精力充沛地回答：「是，教練！」

陣容調整完之後，李明正開始下達戰術，「第四節，光耀，不用有所保留，把你所有的實力展現出來，向陽整體的防守雖然強，可是單論他們後衛的個人防守能力，我認為沒有人可以守得了你。」

李光耀露出笑容，眼神閃爍著自信，「當然，我是最強的。」

「大家聽好，第三節後面加上現在，辜友榮在板凳上休息的時間足足有五分鐘，等一下他一定會上場，禁區的人要繃緊神經，他們剛剛知道光耀個人能力很強，待會絕對會針對光耀防守，這個時候，真毅、逸凡、偉柏，你們要幫光耀分擔壓力，單擋掩護或者空手走位，分散他們的注意力，不要讓向陽可以肆無忌憚地包夾光耀。」

「是。」楊真毅、魏逸凡、高偉柏齊聲說道。

「光耀，你的單打能力很強，但是雙拳難敵四手，只有你一個人得分絕對沒辦法幫助球隊取得勝利，你的數據會很好看，可是光北會輸，所以你等一下除了打爆向陽的後衛之外，還要發揮你的影響力來幫隊友製造機會，不僅可以讓隊友打得更輕鬆，你自己也不會被向陽的防守逼得喘不過氣來。

「球只有一顆，可是不代表沒有拿球的人就沒有任何作用，防守全隊一起防守，進攻也是全隊一起進攻，單擋掩護、空手跑位、外線埋伏，全部都是一種進攻的方式。

「現在比賽只剩下第四節最後的十分鐘，十一分的差距算不了什麼，我們一定追得回來，辜友榮待會絕對會上場，防守的時候一樣縮小防守圈，全力封死他們的禁區，如果他們把球傳到三分線外，貫徹我們整場比賽的防守方式，除了左邊底角跟四十五度角，否則就讓他們投，最後十分鐘了，大家拚一下！」

李明正注視著球員，目光無比自信，用堅定的口吻說：「我現在會派你們上場，就是相信你們五個人有這個能力可以幫助球隊逆轉比賽，取得勝利，把冠軍帶回光北。」李明正雙眼掃視著球員，「記住我說的話，你們是最強的！」

謝雅淑看向紀錄台，休息時間還剩十五秒鐘，把握這最後的時間，她站起身來，「大家加油，最後的十分鐘，讓我們一起逆轉球賽，拿下冠軍！」

謝雅淑舉起手，光北球員們全圍繞在謝雅淑身旁，圍成一個圓，將手放在謝雅淑的手上。

謝雅淑大聲說道：「今天這一場比賽只是一個起點，明年一月我們要站在更大的舞臺上，成為最閃耀的星星，讓大家知道光北高中的存在，讓大家知道我們是最強的，大家一起拚，讓我們一起拿下冠軍！」

謝雅淑深吸一口氣，用她這輩子最大的音量大喊：「光北！」

「加油！」

「光北、光北！」

「加油、加油！」

「光北、光北、光北！」

「捨、我、其、誰！！！」

叭！紀錄台鳴笛，裁判用手勢示意兩邊球員上場，觀眾席上爆發驚人的加油聲浪，在劉晏媜的帶領之下，學生加油團與啦啦隊站起來高喊著光北加油，可是儘管他們已經盡了全力，還是無法改變人數上的巨大差距，另一邊向陽五百人的嘶吼聲，完全壓過光北的加油聲，環繞在球館內。

「向陽加油、向陽加油、向陽加油、向陽加油、向陽加油！」

場上，球賽準備進行，光北擁有第四節第一波球權。

包大偉站在中線外，接過裁判遞來的球，傳給李光耀。

第四節比賽，正式開始。

李光耀運球過半場，溫上磊按照顏書洋的指示，李光耀雙腳一跨進中線，馬上衝上去貼身防守。

李光耀見到溫上磊這麼快就展現出企圖心，馬上用精湛的運球突破能力回應，壓低重心的胯下運球擺脫溫上磊的防守，堅決地朝籃下切。

剛剛李明正在休息時間所下的指示，雖然沒有明確地講出來，但是大家都知道進攻戰術就是把球交給李光耀，讓他控制光北的進攻節奏，承擔這個重責大任。

李明正等於把整支球隊交給李光耀，不過沒有任何人有意見，因為李光耀早已經用努力跟實力獲得隊友的認可，在這最重要的時刻，只有最強、最被信賴的人才能夠扛著這沉重的責任，帶著大家的期待與盼望往前邁進。

像是要回應眾人對他的期待，李光耀絲毫不懼向陽擺出的防守陣式，即使見到翁和淳還有後面的陳信志虎視眈眈，依然運球往禁區切，散發出一騎當千的強大氣勢。

不過李光耀這一次並沒有自己出手，在收球踏步，讓向陽防守圈往他靠攏的時候，把球傳給外圍的楊真毅。

楊真毅在右邊側翼三分線接到球，運球往前跨了一大步，讓自己更靠近籃框，瞄準籃板右上角，收球跳投出手。

可惜，似乎是在場下休息太久，一上來楊真毅還沒有找到手感，球脫手的瞬間馬上大喊：「籃板球！」

就跟楊真毅想的一樣，球落點偏高，從籃板反彈而下掉在籃框前緣，往外彈了出來。

「吼啊！」幸友榮沒有讓光北有二波進攻的機會，把這顆籃板球抓下來。

「球！」向陽場上最矮但速度最快的張國良立刻往前場飛奔，想要跑快攻。

在場下休息很久的包大偉精力充沛，馬上追了上去。辜友榮沒能把球一口氣傳到前場，一抓到籃板球就受到高偉柏與魏逸凡的干擾，在不發生失誤的前提下，辜友榮決定安穩地把球傳給溫上磊。

溫上磊接到球，首先把節奏穩下來，對隊友大聲喊道：「好，穩穩打一顆！」話說完，溫上磊把球帶到前場，開始在外圍轉移球。

張國良在左邊側翼接到球，瞄了禁區的辜友榮一眼，認為光北防守圈縮得太小，傳球給辜友榮也不會獲得太好的進攻機會，按照顏書洋的指示，準備把光北的防守攪亂。

張國良下球，壓低重心往右切，包大偉知道張國良切入很快，一開始站位就故意保持兩步的距離，增加反應時間，讓他得以迅速往左後方退，擋下張國良的切入。

張國良切入被包大偉跟住，雖然心裡感到意外，不過並沒有慌亂，利用轉身想要擺脫包大偉，但是都被他擋了下來，這時楊真毅看準時機，打算過來包夾。

張國良暗自嘖了一聲，把球傳回給弧頂的溫上磊。

溫上磊接到球，站在他面前的是第三節大殺四方，無人可擋的李光耀。

「球！」陳信志這時跑到左側三分線要球，打著接到球的瞬間就傳給辜友榮的算盤。

但是溫上磊並沒有把球傳出去，相反的，他做了一個非常大膽的決定，他要單打李光耀。

剛剛你打得很威猛嘛，我現在就要證明給大家看，其實你根本不足為懼！

溫上磊心想，現在球隊領先十一分，就算我投不進，籃下也有友榮可以搶進攻籃板，如果被我投進了，我們的氣勢馬上就會壓過光北。

溫上磊眼神堅定，不去管陳信志的要球，也不去管其他人有沒有在跑位，壓低重心，下球往左切，一個運球之後拔起來，做出乾淨俐落的帶一步跳投。

溫上磊非常有自信，認為自己一定可以把球投進，李光耀絕對會以為他要切入而來不及封阻他的投籃。

然而就在溫上磊出手的瞬間，一隻手像是鬼魅一樣冒了出來，突然出現在他的視線裡，讓他嚇了一跳，有那麼半秒鐘的時間，他以為這一隻手會蓋他火鍋，但是最後他還是順利地把球投了出去。

溫上磊直覺認為這一球一定不會進，高喊：「籃板球！」

令溫上磊自己都意外的是，球進得非常漂亮，落入籃框正中間，與籃網激出清脆的唰聲。

觀眾席上頓時歡聲雷動，向陽的學生見到溫上磊單打吃掉光北的王牌球員，精神為之一振，紛紛舉起精心製作的加油牌，開心地大喊：「向陽、向陽、向陽、向陽、向陽、向陽！」

溫上磊中距離得手，比數五十比六十三，雙方差距十三分。

溫上磊進的這一球，除了讓觀眾席上的學生歡呼之外，也讓場上跟場外的隊友大感驚喜，場上的四名隊友馬上跑到溫上磊身邊。

辜友榮用力拍了溫上磊的屁股，「上磊，這一球投得太漂亮了，帥翻天！」陳信志右手用力搓著溫上磊的頭，「上磊，好球呀！」翁和淳則是推了溫上磊一把，「好小子，竟然把光北的王牌吃掉了！」張國良在溫上磊後面大喊大叫：「上磊！帥、呆、了！第四節就靠你了！」場外的顏書洋雖然也感到高興，不過比賽還有九分多鐘，還不是可以如此放鬆的時候，繃起臉來大聲提醒場上球員：「夠了，趕快回防，光北攻過來了！」

在顏書洋的提醒之下，向陽很快在後場擺出了二三二的防守陣式，在溫上磊中距離投進之後，向陽的氣勢高漲，加上比數進一步拉開，信心大振，每一個人臉上都顯露著興奮期待的光芒。

李光耀心中大是懊惱，剛剛那一球他其實可以蓋火鍋，但是擔心被吹犯規，才改把手伸到溫上磊的臉上，遮擋住溫上磊的視線，心想憑溫上磊的實力這樣就足以讓他投不進，而且李光耀也確實發現溫上磊有被嚇到，沒想到他竟然投進了！

聽著向陽的歡呼聲，李光耀不滿地發出悶哼聲，接過高偉柏的底線發球，帶球過半場，觀察向陽的二三二區域防守。

你們別高興的太久，我馬上就討回來。

李光耀才剛踏過中線，正準備運球靠近三分線準備發動攻勢時，溫上磊跟張國良同時衝了上來，一左一右包夾李光耀，逼他要把球傳出去。

李光耀冷靜地運球往後退，高超的運球能力讓溫上磊跟張國良幾次想抄球都無法得手，這時包大偉跟楊真毅跑到三分線外的位置接應，李光耀看到向陽的防守圈已經被他拉開，抓準時間把球傳給楊真毅。

楊真毅在右邊側翼接到球，正準備運球切入時卻注意到李光耀空手切，擺脫兩人包夾，馬上把球傳過去。

李光耀接到球，往下一個運球，往前跨兩大步，收球跳起，要挑戰由辜友榮坐鎮的禁區。辜友榮奮力跳起，雙手高舉，準備要狠狠地擋下李光耀，親手了結這場王牌對決。

不過李光耀這一次依然沒有選擇自己出手，吸引向陽的注意力之後，右手把球往身後一勾，傳給了魏逸凡。

魏逸凡一接到球，抓準辜友榮正從空中落下，來不及防守的時機點，往前跨一步，讓自己更靠近籃框，跳投出手。

魏逸凡出手時機抓得很巧妙，不過陳信志一直有注意他的動向，從旁邊撲上去，送給魏逸凡一個火鍋。

陳信志這一球用的力道之大，蓋火鍋的瞬間發出啪一聲，球像是子彈一樣往後飛，讓觀眾席上發出嘩然聲。

魏逸凡往後一看，看到包大偉跟張國良正衝去追球，緊咬牙根，這一球他實在投得太大意，忽略向陽其他的球員。

為了彌補自己犯下的過錯，魏逸凡一發現張國良先追到球，便使盡全力往後場衝。他知道張國良對自己的速度非常有信心，一定會選擇自己快攻上籃，看到他果真沒打算慢下腳步，算準張國良的上籃節奏，在他收球的瞬間加快速度，從後面撲上去，雙手舉高。

就跟魏逸凡想的一樣，張國良對自己速度太有自信，認為不管是魏逸凡或者包大偉都沒辦法即時回防擋下他的快攻上籃，等到出手放球的那一刻，張國良才發現魏逸凡早已經算好他的出手時機，封死他任何可能的出手位置。

人在空中的張國良沒有辦法，落地就是走步違例，隊友也認為他快攻一定會得手，沒有人跟著一起衝過來，只能硬著頭皮把球投出去。

接下來發生的事就跟所有人想的一樣，魏逸凡雙手把張國良投出的球直接抓下來，激起現場的驚呼聲，然而當魏逸凡落地準備帶球往前場衝時，出乎他預料的事情發生了。

尖銳的哨音響起，站在邊線的裁判手指著魏逸凡，大聲宣告：「光北三十二號，阻擋犯規，罰兩球！」

魏逸凡不敢置信，雙手抱頭，走向裁判，「裁判，我沒有犯規啊！」

裁判解釋道：「你們身體有碰撞，犯規了。」

魏逸凡更是傻眼，「裁判，我是算準他出手時機跳起來封蓋的，我連他的頭髮都沒有碰到！」

裁判搖頭，不理會魏逸凡，對紀錄台比出他的背號。

楊真毅大步走到魏逸凡身旁，右手拍了魏逸凡的屁股，出聲安慰道：「別想了，裁判不可能改判，這只能算你運氣差。」

高偉柏也走到魏逸凡身邊，搭住他的肩膀，「真的，有時候就是會碰到這種狀況。」

李光耀也雙手一攤地說：「我之前也有一次要灌籃結果被抓走步，我都不知道該說什麼了。」

包大偉拍拍魏逸凡的胸口，「現在最重要的是球賽，別被這次犯規影響專注力。」

李光耀贊同道：「沒錯，走吧，準備執行罰球了，不管向陽罰球有沒有投進，我們都把專注力集中在下一波進攻上。」

魏逸凡揮散不悅的情緒，點頭說道：「好！」

光北與向陽的球員在籃框兩側站好，裁判輕吹哨音，把球傳給張國良，「罰兩球！」

張國良知道這是幫助球隊擴大領先的好機會，保持高度專注，穩穩地將兩球罰進。

比數五十比六十五，第四節開始一分鐘，向陽把差距拉開到十五分。

魏逸凡撿起在地上彈跳的球，底線發球給李光耀。

李光耀接到球，看向已經退防的向陽五人，哼，你們別囂張，我馬上就讓你們知道我的厲害！

在李光耀運球跨過中線的時候，第四節比賽剩下八分五十九秒，光北落後十五分，情勢非常不利，壓力倍增，而現在場上承受當中大部分壓力的李光耀，眼裡閃動鬥志與自信。

越是遇到困境，越是要用比平常多上數倍的決心與鬥志去面對，這就是李光耀在籃球場上學到的人生哲學。

李光耀對著禁區的隊友抬了下巴，跨步向前，但是張國良與溫上磊立刻衝了上來，在距離三分線還有兩步的地方對李光耀執行包夾防守，讓李光耀不得不停了下來。

顏書洋臉上露出一抹若有似無的微笑，光北的王牌，你現在該怎麼辦呢？另外一個後衛隊友缺少進攻能力，就算傳球給他也無濟於事，如果想傳到禁區，更有被我們抄走的危險。

正當顏書洋認為這個戰術奏效的時候，場上出現讓他驚訝的一幕。

楊真毅與魏逸凡幾乎是下個瞬間就跟了上去，分別站在張國良與溫上磊身旁，聯手幫李光耀單擋掩護。

李光耀選擇往右邊切，利用魏逸凡的單擋掩護突破被包夾的困境，切進三分線內。

向陽的反應速度不可謂不快，翁和淳與陳信志立刻上前要阻止李光耀，可是李光耀速度已經完全爆發出來，不是他們禁區大個的防守腳步可以守住的，李光耀晃肩後猛然加速，輕而易舉地從陳信志旁邊繞過去，收球跨步，高拋投出手。

辜友榮本來在籃底下等李光耀切進來，卻沒想到他根本就沒有進到禁區硬碰硬的打算，而且這球出手幅度之高，就算是面對面防守，辜友榮也沒有把握可以封阻得了。

球飛的高度甚至超過籃板，所有人抬頭看著球抵達最高點，在空中停頓了零點幾秒的時間，被地心引力拉下來。

唰！

清脆的聲音響起，李光耀的高拋投得手，這種高超的投籃技巧讓光北學生再次復活，爆炸性的歡呼聲再次出現。

「李光耀、李光耀、李光耀、李光耀、李光耀、李光耀！」

才認為這場比賽的勝利已經落入口袋，李光耀卻馬上露了一手高超的投籃技巧，顏書洋深吸一口氣，光北高中，你們還真是難纏啊！

比數五十二比六十五，雙方差距十三分。

第六章

葉育誠看到李光耀展現出來的抛投，興奮地說：「天啊，剛剛那個抛投跟當年的明正也太像了吧！」

高聖哲放下手中揮舞的旗子，抹去臉上的汗水，「他們父子倆的動作跟打球風格確實很像！」

楊翔鷹看到李光耀那個高抛投出手，心中感到讚歎，籃球是一個很講求身高的運動，身高矮的球員要出頭天相對不容易，光是要在籃球場上生存就很困難，一定要有非常突出的武器，例如說充滿爆發力的速度、精準的外線投射，又或者是可以將高難度技巧運用自如的手感，而剛剛的李光耀，展現出來的正是那高質量的籃球技巧。

在NBA這個雲集全世界最會打籃球的怪物的殿堂，平均身高超過兩百公分，而且體能都非常勁爆，矮小的球員要找到一片天真的太困難，別說把球投進，就連要怎麼把球投出去都是一個很大的問題，而高抛投正是NBA後衛必備的閃躲高個子封蓋的高難度技巧之一。

楊翔鷹腦海浮現李光耀剛剛那一球高抛投，抛得又快又準，球完全超過籃板，技巧上無話可說，而且李光耀才高一，正處於急速長高的青春期，未來如果可以繼續長高，以李光耀擁有的技巧，絕對能夠成為台灣籃球界最可怕的新星。

不，以剛剛那個高拋投的出手速度跟高度看來，李光耀絕對不是以此作為目標去練習。

楊翔鷹吞了一口口水，光是想像李光耀的未來就讓他起了雞皮疙瘩，看著正在防守的李光耀，楊翔鷹驀然想起二十多年前，李明正在籃球場上也是散發出這種領先所有人，一個人走在最前頭的強大感。

場上，向陽正發動攻勢，溫上磊、張國良、翁和淳在外圍傳導球，一開始想要利用快速的傳球跟強弱邊的轉移破壞光北的防守平衡，製造出簡單的得分機會，不過高偉柏站在光北防守中樞的位置，用他的豐富經驗指揮隊友的防守走位，沒有給向陽跑出空檔的機會。

向陽不是省油的燈，一發現沒辦法光用跑位對付光北，在進攻時間剩下十四秒的時候，把球交給場上切入速度最快的張國良。

張國良在左邊側翼接到球，陳信志從底線跑上來幫他單擋掩護，張國良藉此擺脫包大偉的糾纏，快步往禁區切。

然而魏逸凡很快出現在張國良面前，補防時機抓得恰到好處，讓張國良不敢繼續切，把球傳給外圍的溫上磊。

溫上磊在右側三分線一拿到球，現場馬上出現了鼓譟聲：「單打、單打、單打、單打、單打、單打！」

能夠讓向陽學生如此激動的原因很簡單，因為現在站在溫上磊面前的，是李光耀。

向陽學生想要看到溫上磊繼續在李光耀頭上拿分，一口氣擊潰光北高中的王牌！

溫上磊當然有聽到觀眾席上的聲音，可是現在的他沒有剛剛的決絕，腦海中浮現的不是他成功在李光耀面前把球投進的畫面，而是在他投球瞬間，突然間出現在眼前的那隻手。

一想到那隻手，溫上磊心裡就浮起一股恐懼感，讓他根本不敢出手，接連做了幾次試探步跟晃肩，可是李光耀絲毫不為所動，讓溫上磊更是不知該如何是好。

𡍼友榮見到溫上磊陷入困境之中，主動跑上罰球線要球。

溫上磊就像是溺水的人見到浮木，馬上把球傳給𡍼友榮，擺脫李光耀傳來的恐怖壓迫感。

𡍼友榮接到球，高偉柏如影隨形地站到他身後防守，魏逸凡跟楊真毅也蠢蠢欲動準備協防。

𡍼友榮身體一沉，運球往右切，經過五分鐘的休息，他的體力已經有所回復，有強大自信可以運用身體的優勢成功打掉高偉柏。

一見到𡍼友榮下球，魏逸凡與楊真毅馬上拋下自己防守的人上前包夾，如果是前三節的𡍼友榮，或許會想也不想地繼續往禁區打，可是經過顏書洋的提醒，𡍼友榮現在選擇把球傳給空手切的翁和淳。

利用自己的影響力讓隊友有更好的得分機會，比起自己一個人在包夾中硬打，不僅可以打得更輕鬆，也可以令光北的防守陣式崩潰，奪走他們逆轉比賽的希望。

高偉柏、魏逸凡、楊真毅都在防守辜友榮，翁和淳在絕佳的時機點溜進禁區，如入無人之境，心中已經想好要怎麼上籃得分，不過翁和淳才伸手準備接球，一個黑影突然從身邊掠過，在他眼前把球抄走。

這人身上，穿著光北十二號的球衣！

整個第三節的時間都坐在板凳上，包大偉並沒有閒著，而是細心觀察向陽每一個球員的動作與特性。

防守，是他在籃球場上生存的唯一利器，所以包大偉坐在場外時告訴自己，要加倍觀察場上的風吹草動，再微小都不能放過。

包大偉一看到辜友榮被包夾，翁和淳空手往禁區切，明顯有開後門的企圖，大膽放下對位防守的張國良，像支飛箭一樣衝進禁區把球抄下來，而且把球傳給李光耀之後飛奔到前場，讓向陽必須為了他更快回防，無形間消耗向陽的體力。

包大偉苦幹的精神影響了觀眾席上的光北學生，劉晏媜站起來舉起右手，鼓手馬上拿起鼓棒，當劉晏媜右手落下的瞬間，鼓手用力打鼓，發出低沉的咚、咚、咚聲響，而其他人則用盡全力大喊：「光北加油、光北加油、光北加油、光北加油、光北加油、光北加油、光北加油！」

球館裡一時間充斥著滿滿的加油聲，向陽學生見到李光耀又拿到球，緊張感蔓延開來，馬上大喊：「投不進、投不進、投不進、投不進、投不進、投不進！」將光北的加油聲壓過去。

現場的分貝吵雜得彷彿要把天花板掀翻，可是場上的球員幾乎沒有受到任何影響，專注力完全集中在李光耀手上的橘紅色籃球。

李光耀大步把球帶過前場，向陽立刻使出了同樣的防守策略，溫上磊與張國良衝上去包夾，而光北破解的方式也跟剛剛一模一樣，魏逸凡與楊真毅上前幫李光耀掩護。

李光耀這一次選擇往左邊切，繞過張國良的防守，但是向陽防守的反應速度非常快，翁和淳看穿李光耀的動向，想要在弧頂三分線擋下他。

李光耀卻沒有停下來的打算，換手運球往右切，在翁和淳往左退的時候迅速轉身，乾淨俐落地甩開翁和淳，繼續運球朝禁區切，見到籃底下的辜友榮，又要收球拋投出手。

然而辜友榮一個箭步衝了上來，龐大的身軀朝李光耀撲上去，眼睛緊緊盯著他手上的球，心想，我就知道你會用同一招！

殊不知，李光耀等的就是他跳起來的時候。

李光耀隱蔽地把球往禁區丟，傳給空手切到籃下的高偉柏。

高偉柏周圍根本沒有人防守，接到球後輕鬆地在籃下跳投，打板投進，比數五十四比六十五，差距回到第三節結束的十一分。

從包大偉的抄截，李光耀的突破切入，到高偉柏的籃下投籃，光北這一波攻防轉換行雲流水，讓觀眾席上的向陽學生安靜下來，光北的歡呼聲頓時充斥整座球館。

沈佩宜看到李光耀先是以高難度的高拋投得分，接著又運用自己的能力為隊友創造輕鬆得分的機會，在她坐到觀眾席上看比賽之後，李光耀在她心目中的形象有了天翻地覆的改變。

開學第一天，李光耀在她點名的時候與旁邊的王忠軍聊天，被她貼上不乖的標籤，接下來的籃球隊就更不用說了，李光耀在她心裡就像是作著無謂夢想的小孩，將來進到社會就會後悔自己為什麼花這麼多時間在籃球上。

可是在這十幾分鐘的時間裡，李光耀用實力撕下了那張標籤，彷彿大聲地對沈佩宜說：「老師，我不是在開玩笑，也不是在作白日夢，我是真的想要成為全世界最強的籃球員！」

沈佩宜眼眶一紅，小翔，你就是希望我看到這一幕吧，看到我的學生在場上奔馳的模樣，看到他們為了遙遠的夢想，為了學校的榮譽，為了那一顆充滿魅力的籃球，在場上拚命努力著……

這一刻，沈佩宜終於了解自己為什麼會那麼抗拒學生追求籃球，現實的困難不是真正的原因，隱藏在沈佩宜內心的，其實是一個空洞虛無的世界。

所以當她看到李光耀那麼執著地追夢，聽到楊信哲在訴說教書的理念時，她才會那麼的生氣憤怒。

因為在他們的身上，沈佩宜看到自己所沒有的東西，可是她不知道自己可以去哪裡找到那些東西，所以她恐慌又害怕，這兩種情緒轉化成憤怒與不理解，把自己變成一個連自己都討厭的人。

看到球員在場上奮戰的模樣，沈佩宜想起了被她深埋的夢想，這一刻她覺得自己獲得重生。

小翔，謝謝你，你又再一次的把我拉起來。

小翔，對不起，我竟然忘記我們當初一起做的那個夢想，我現在想起來了，我不會再疑惑了。

小翔，我會連著你的份一起往前邁進的！

熱血湧現胸口，沈佩宜站起身來，對著場上大喊：「防守、防守、防守、防守、防守、防守！」

一旁的學生見到老師都站起來高喊防守，也全部站起來，大吼著：「防守、防守、防守、防守、防守！」

場上，張國良接到辜友榮的底線發球，用傲人的速度把球帶到前場。光北上漲的氣勢與壓迫感，讓張國良備感壓力，不敢隨意發動進攻，將球傳給場上控球能力最好的溫上磊。

溫上磊一接到球，沒有把球停留在手上太久，傳給左邊側翼的翁和淳。

「球！」辜友榮在罰球線左側要球，高偉柏立刻站前防守，整個人幾乎貼在辜友榮身上，伸出右手不斷揮舞，干擾辜友榮，也讓翁和淳不敢傳球。

辜友榮見翁和淳不敢傳球，突然一個轉身往禁區空手切，甩開了高偉柏。

——站前防守的缺點，因為貼得太近，即使成功讓持球者不敢傳球，卻也容易被擺脫。

翁和淳立刻把球往上一丟，辜友榮大步跨進禁區，回頭確定球的方向後，身體往下沉，奮力跳起來，雙手高高舉起，準備要上演技驚四座的空中接力灌籃。

辜友榮寫好的劇本卻沒有劃下完美句點的機會，就在他準備用力地把球往籃框塞的時候，楊真毅在他身後出現，右手用力地一扯，直接毀掉這個可能是整場比賽最精彩的空中接力灌籃。

底線與邊線的裁判同時吹哨，高舉右手，左手指著楊真毅，「光北三十三號，打手犯規，罰兩球！」

「啊！」辜友榮惋惜地大吼，臉上露出不甘心的神情，沒有想到可以扭轉現場氣勢的灌籃，竟然就這麼被毀掉。

畢竟氣勢萬鈞的灌籃，遠遠比罰球更為震撼，更別說辜友榮的罰球命中率並不高，這兩次罰球僅投中一球，比數五十四比六十六，差距十二分。

儘管拿分了，可是向陽卻一點開心的感覺都沒有，因為壓力絲毫沒有舒緩的感覺。

顏書洋感受到緊繃的氣氛，在場邊大喊：「專注防守！」見到李光耀又拿到球，心裡冒出了不安的感覺。

看著李光耀把球帶到前場，雖然只有一人，顏書洋卻覺得像是「大軍壓境」。

「李光耀、李光耀、李光耀、李光耀、李光耀、李光耀、李光耀！」

「投不進、投不進、投不進、投不進、投不進、投不進、投不進！」

現場再次響起驚人的聲浪，兩邊學生都在為自己的學校加油打氣。

李光耀雙腳踏過中線後，一個胯下運球停下腳步，深吸一口氣，往前邁進，準備發動攻勢。

溫上磊與張國良繼續上前包夾李光耀，而魏逸凡與楊真毅同樣到高位掩護。

連續兩次被李光耀用同樣的方法「逃」掉，溫上磊與張國良心裡已經想好對策，下定決心不讓李光耀逃掉第三次，要把他死死困住。

張國良與溫上磊沒有往李光耀貼，反而停下腳步觀察李光耀的動作，不管李光耀要切哪一邊，他們都會馬上退到魏逸凡或楊真毅身後把他給擋下來，畢竟在掩護的時候，魏逸凡跟楊真毅不能移動，否則就會構成非法掩護的違例，球權轉換。

這個規則張國良、溫上磊知道，魏逸凡、楊真毅知道。

李光耀當然也知道。

李光耀察覺兩人的意圖，用眼神給予讚賞，你們兩個人反應滿快的嘛，不過光憑這樣就想困住我，沒有那麼容易。

李光耀利用魏逸凡的掩護往右切，溫上磊立刻往後繞出去要擋下李光耀，李光耀一個變向換手運球，要從魏逸凡跟楊真毅中間鑽過去，張國良則馬上堵住中間。

也就是在這個時候，李光耀右腳一踏，身體往後退，利用楊真毅的單擋掩護往左切，擺脫張國良跟溫上磊的防守。

不過向陽帶來的考驗還沒有結束，站在弧頂的翁和淳立刻上前防守，李光耀卻沒有停，壓低重心，利用快速的變向換手運球往右切。

翁和淳連忙往左後方退，不過在他重心移動的瞬間，李光耀又一個背後運球改往左切，速度之快，讓急於跟上的翁和淳腳步打結，整個人往後仰，跌倒在地。

觀眾席上一陣嘩然，不過這沒有影響李光耀的專注力，擺脫翁和淳之後突然煞車，眼睛瞄籃，微微一蹲，右手伸向球，旁邊的陳信志以為李光耀要收球跳投，馬上撲上去，卻中了李光耀的假動作。

李光耀接連擺脫溫上磊、張國良、翁和淳，現在又把陳信志騙起來，如今在他眼前的敵人就只剩下一個。

向陽的王牌，辜友榮！

李光耀運球往禁區衝，要挑戰辜友榮的防守，辜友榮則腳步踏前，高高舉起雙手，準備迎接李光耀的到來。

李光耀似乎感受到辜友榮的氣勢，腳步猛然停了下來，眼睛看向籃框右邊的高偉柏，右手則是準備收球，讓人分不清楚他是要傳球給高偉柏還是自己投籃。

然而辜友榮沒有任何疑惑，朝李光耀衝了過去，如果李光耀要跳投，他認為自己來得及蓋火鍋，如果是要地板傳球給高偉柏，他手也已經準備好往下撈。

不管你做什麼，我都會把你擋下來！

辜友榮緊緊盯著李光耀，認為自己已經看透李光耀的意圖，並且可以立刻做出反應，但是李光耀接下來的舉動，卻出乎他意料之外。

李光耀把球往左邊傳，辜友榮順著球的方向看去，這才發現包大偉趁所有人都忽略他的時候偷溜到籃下，接球輕鬆上籃。

包大偉上籃進，幫助球隊繼續把差距拉近，比數五十六比六十六。

這時，顏書洋對溫上磊下達新的指令，「上磊，等一下你不要回防，全場盯防李光耀！」

溫上磊點頭，「是。」

顏書洋深吸一口氣，李光耀的表現讓他感到非常心煩，縱使現在還領先十分，可是他卻難以感到安心。

在李光耀開始發動攻勢之後，無論向陽怎麼做都沒辦法讓他停下來，最可怕的是在第三節的超人表現後，李光耀第四節表現竟然更亮眼，就好像是接管比賽一樣。

顏書洋以為他對李光耀的評價已經很高，沒想到李光耀的表現竟然能夠繼續超乎他的想像，在他心裡，只有四個字足以形容李光耀現在所展現出來的能量——

深不可測。

顏書洋實在沒有想到會在乙級冠軍賽遇到李光耀這種球員，本來他以為魏逸凡跟高偉柏是光北最具有威脅性的人，而第一節楊真毅的發揮已經夠讓他驚訝，沒想到光北竟然還有一個李光耀。

顏書洋緊咬牙根，這一個球員，到底他X的是從哪裡冒出來的！？

場上，溫上磊把球帶過半場後傳給張國良，張國良接到球，翁和淳立刻從右邊邊線空手跑位往禁區切，而陳信志則是上到高位幫張國良單擋掩護。

張國良利用掩護往右切，後頭的魏逸凡一樣將張國良擋了下來，不過陳信志趁機轉身往禁區空手切，張國良立刻把球傳了過去，魏逸凡為了擋下張國良，防守的站位已經離開陳信志太遠，只能眼睜睜看著陳信志接到球，如入無人之境地往禁區切。

然而，就在陳信志認為他將完成這次簡單的上籃時，溫上磊與辜友榮同時大喊：「小心後面！」

陳信志警覺，往後一看，發現包大偉無聲無息地從後面追上來要抄球，連忙收球，但是這麼一來，雖然避免球被抄，卻也亂了上籃的節奏，在沒有信心將球投進的情況下，陳信志把球傳到外圍，右邊底角的翁和淳。

翁和淳直接下球往左切，毫不猶豫地往禁區衝，楊真毅連忙想跟上，不過翁和淳收球急停跳投，楊真毅慢了半拍才撲上去。

儘管如此，楊真毅的防守還是造成一定的壓力，翁和淳出手太過用力，球落在籃框上彈了出來，不過沒有關係，因為禁區有著一個巨人般的隊友，辜友榮。

辜友榮利用自己的身材優勢，硬是在高偉柏與魏逸凡頭上把這一顆籃板球摘下來，已經想好待會把高偉柏撞開後，直接在籃底下出手得分。

不過計畫趕不上變化，在辜友榮落地打算將心裡念頭付諸行動時，啪一聲，他手上的球竟然被拍掉。

辜友榮往旁邊一看，發現包大偉不知道什麼時候出現在旁邊，心中大怒，該死的狐狸！然而辜友榮沒有時間多想，滾走的球被魏逸凡拿到，包大偉頭也不回地拚命往前場衝，魏逸凡見到向陽還沒來得及回防，大膽地把球往前場送。

包大偉箭步如飛地往前衝，向陽速度最快的張國良追上去，包大偉卻沒有注意到，眼睛只有球的存在，在球落地往前彈的時候伸出右手，穩穩接住球，往前一個大跨步之後準備直接收球上籃。

就在這個當下，場邊的謝雅淑傳來大喊聲：「包大偉，小心後面！」

包大偉回頭一看，發現張國良竟然追了上來，見到他來勢洶洶，缺乏經驗的包大偉心裡一陣慌亂，竟然胡亂地把球投出，而這樣的出手想當然爾不會進，落在籃框上彈出來。

不過，就在包大偉自責沒有把球投進，張國良竊喜不需要付上犯規的代價，這個十二號自己把球還回來的時候，一道黑影從後面飛了過來。

身穿光北二十四號球衣的李光耀，右手抓住彈出來的球，用力地把球塞到它應該去的地方。

砰！

驚人的嘩然聲再次傳來，李光耀這一個補籃讓光北學生為之瘋狂，全激動地跳了起來，不斷高喊著：「李光耀、李光耀、李光耀、李光耀、李光耀、李光耀！」

板凳區的謝雅淑、詹傑成、麥克等人也無法坐在椅子上，站起來大喊：「好球！」

蕭崇瑜興奮地全身發抖，「苦瓜哥，李光耀真的太強了！」

苦瓜也差點激動到跟旁邊的學生一樣站起來，他覺得李光耀這個名字取得實在太貼切了，李光耀在籃球場上的表現，確實就是光芒萬丈，閃耀著刺眼奪目的光華。

李光耀補灌得手，勢如破竹地把差距縮小，比數五十八比六十六，差距來到下半場最少的八分。

這一刻，顏書洋考慮走到紀錄台喊暫停，可是他忍住了，他選擇相信場上的球員，他相信這些子弟兵一定可以做出回應，回敬一波漂亮的攻勢。

對，不用急，我親手帶起來的球員沒有那麼弱。

顏書洋深吸一口氣讓自己冷靜下來，但是看著場上的情勢，卻馬上升起一股不妙的預感。

防守守不住李光耀，進攻還打不進，這就算了，這一節光北又突然冒出一個十二號，像狡猾的狐狸一樣總喜歡趁他們不注意的時候抄球，諸多不順讓向陽場上的球員感到煩躁，這一波進攻打得亂無章法，場上的氣氛烏煙瘴氣，球員們單打獨鬥，看不出任何的團隊默契。

張國良運球硬切包大偉，但是包大偉一開始就賭張國良不會出手跳投，站位刻意離張國良兩步遠，替自己爭取到更多反應時間，擋下了張國良這一次切入。

張國良被包大偉守到不得不收球，連做了兩次投籃假動作又騙不起包大偉，不甘心地把球傳給過來接應的翁和淳。

翁和淳拿到球，選擇硬切楊真毅。

楊真毅雖然沒辦法擋下翁和淳的切入，卻妥善運用經驗與籃球智慧，身體靠著翁和淳，限制翁和淳的切入路徑，讓魏逸凡預判他的切入路線後，過來幫忙包夾。

翁和淳陷入包夾之中，急忙之間想要找人傳球，卻又因此發生失誤，給陳信志的地板傳球被抄走。

而抄到球的人，赫然又是包大偉！

「球！」李光耀大喝一聲，邁步往前場衝，包大偉聽到叫喊聲，立刻把球傳過去。

張國良試圖去抄這個傳球，但是慢了一步，球從指尖前飛走，而且也因為這個賭博性的抄球，讓張國良沒辦法適時回防。

李光耀接到球，如同飛箭般往前場狂奔，而唯一跑在李光耀前頭的只有溫上磊一個人，李光耀更是毫不猶豫地加速。

即使運球，李光耀的速度依然比溫上磊快。

溫上磊感到吃驚，連忙靠向李光耀，不過李光耀晃肩後換手運球，加上本身的速度，看似輕鬆地從左邊突破溫上磊的防守，往前大跨步，收球上籃，兩分入袋。

李光耀落地後，對著觀眾席上的光北學生高舉雙手，右手放在耳朵上。

看到李光耀的動作，爆炸性的歡呼聲再次出現。

光北這一節進攻端有超凡脫俗的李光耀，防守端則有小兵立大功的包大偉，一口氣打出了十比一的攻勢。

比數六十比六十六，雙方差距六分。

場邊的顏書洋表情緊繃，大步走向紀錄台，「暫停。」

紀錄台鳴笛，尖銳的哨音隨之響起，裁判大喊：「向陽高中，請求暫停！」

這時，第四節比賽還剩下六分十一秒。

★

看著五名球員挫敗地走下場，顏書洋深吸一口氣，沒有把情緒發洩出來。

他是總教練，在這種時候更要表現出沉穩，如果他把心裡的情緒透過言語吼出來，軍心更亂，對這場比賽只有更負面的影響。

顏書洋蹲了下來，看著球員的眼睛，緩緩地說道：「現在大家閉上眼睛，用力打自己一巴掌。」

球員愕然，但還是照顏書洋所說的，閉上眼睛，伸出右手打了自己一巴掌。

啪！

此起彼落的巴掌聲響起。

「大力一點。」

總教練的命令，球員不敢不從，又是一陣響亮的巴掌聲。

「再大力一點。」

於是更響亮的巴掌聲響起，球員們的臉頰被自己打得又紅又腫。

「好，可以睜開眼睛了，打了自己三個巴掌，現在大家應該都已經冷靜下來了。」顏書洋深吸一口氣，雙眼注視著剛下場的五名球員，「知道為什麼你們會被光北逼到這種程度嗎？答案很簡單，就只是你們沒有把實力發揮出來而已，如果把你們的實力分成十分，你們剛剛在場上只發揮了三分。

「現在比賽還有六分十一秒，我們只領先光北六分，你們應該知道就算比賽只剩下一分鐘，領先六分也並不是保險的分數，兩顆三分球就可以把比數追平了。要打贏這場比賽不難，真的不

難，唯一的重點就是打出我們平常的實力就好。」

顏書洋在小白板上開始畫下戰術，「等一下進攻不要打得太複雜，用我們最熟悉的方式去打，國良、上磊，你們把球帶過半場之後，一有機會就高吊傳給友榮，高偉柏跟魏逸凡整個下半場都在場上，他們體力消耗一定很嚴重，不過友榮你不要急著硬打，先看隊友有沒有機會，其他人打開了，光北就不得不拉大防守圈，到時候他們就好對付了。

「上磊，友榮拿到球，你馬上跑到左邊三分線底角，就在那邊等，如果友榮受到包夾把球傳給你，有空檔就投，沒有機會就穩下來，重新組織一波進攻，把節奏慢下來，光北現在打得很快，我們不需要被他們牽著鼻子走，慢下來跟光北打陣地戰，運用友榮的影響力跟他們磨，他們很怕友榮這個點，要好好運用。

「國良，你有一個很重要的任務，如果友榮在禁區被包夾困住，你要馬上去接應。信志、和淳，等一下你們兩個人有機會就單打，光北很忌憚友榮，你們要好好利用友榮的影響力，試著去攻擊魏逸凡跟楊真毅，你們在球場上是互助的關係，妥善利用了友榮的影響力去進攻，光北就必須把防守的力氣分散開來，到時候友榮會打得更輕鬆，就跟我們前幾場比賽一樣，記起來了嗎，我們前幾場比賽就是這麼打的。

「還有，光北那個十二號，他的手很快，短短幾分鐘他已經抄到三次球，不只防守要講話，進攻也要，大家互相提醒，很多失誤都是可以避免的。

「友榮，如果你知道十二號要抄你的球，那就代表外圍一定有空檔機會，不用急著得分，把球轉移出去，讓光北的防守疲於奔命，他們越累對你越有利，打得聰明一點，這場比賽我們一定會贏。」

顏書洋用手抹去筆跡，在戰術板上寫了一個字，「穩」。

「我們是向陽高中，乙級聯賽最強的球隊，穩紮穩打，拿下這場比賽勝利的，終究會是我們王者向陽！」

另一邊，光北高中。

李明正告訴球員：「大家在場上表現得很好，不過我們現在還是落後六分，此刻還不是放鬆的時候。

「大偉，你一上場就為球隊貢獻三個抄截，是剛剛追分的大功臣。但是你要記得，如果你沒有抄到球，就會讓我們的防守出現一個大漏洞，等一下除非很有把握，否則不要冒險抄球，先用你的防守腳步阻擋對方的攻勢，比賽剩六分多鐘，每一分都非常重要，我們不能給向陽任何輕鬆得分的機會。」

「是！」

「再來，大家一定要注意辜友榮，他就是向陽的王牌，不管向陽的戰術怎麼變，一定都還是圍繞在他身上，偉柏，比賽只剩下六分鐘，你這場比賽再辛苦一下，重點在於擋下辜友榮第一個動作，讓逸凡跟真毅有足夠的時間可以過去包夾。」

「是。」

李明正轉向魏逸凡跟楊真毅，「逸凡、真毅，辜友榮這一點對付好，我們防守端就可以打得更輕鬆，不過還是要小心其他人，向陽會被稱之為乙級的王者，絕對不是辜友榮一個人的功勞而已，你們經驗都很夠，找出協防辜友榮跟注意其他人的平衡點，打亂他們的進攻節奏。」

「是，教練！」楊真毅、魏逸凡齊聲回道。

「進攻端，向陽一定注意到我們都把球交給光耀處理，等一下必然會對光耀重兵看防。光耀，繼續運用你的牽制力打亂向陽的防守，有機會不要放過，不過也要好好幫隊友創造得分機會。」

李光耀沒有說話，以大姆指回應。

「大偉、逸凡、偉柏、真毅，我不知道向陽會怎麼對付光耀，我們沒有人能夠預測向陽的戰術，所以我們能做的就是把我們最好的表現拿出來，如果光耀陷入危機，你們要幫他，幫他擋人，幫他掩護，不要讓光耀一個人面對向陽的防守。

「籃球是一種很有趣的運動，場上有五個人，但是球只有一顆，這告訴我們籃球是團隊的運動，想要把球打好，不能只光靠持球那個人的能力，而是要靠場上所有人共同努力。

「兵來將擋，水來土淹，只要大家齊心協力，我們絕對能夠逆轉這場比賽，勝利一定是屬於我們的。」

李明正堅定地看著所有人，「記住，你們是最強的！」

李明正話一說完，謝雅淑從椅子上站起來，激動地說：「大家加油，我們已經把比數追到剩下六分差，大家再拚一下，擊敗向陽，我們大家一起去甲級聯賽！

「我們一路從無到有走到了現在，在外人眼裡一定會覺得只是運氣好，但是我們都知道這跟運氣沒有任何關係，我們咬牙撐過了教練的地獄式死亡訓練，為了贏球，別人放學回家，我們在球場上流汗練習，別人週末去看電影逛街，我們照常到球場報到，一路走到這裡，絕對不是運氣好，而是因為我們很努力！

「這一場比賽就是我們證明自己的大好機會，贏下這場比賽，用我們的實力告訴所有人，我們光北一路走來不是運氣好，而是我們光北，本來就是最強的！」

謝雅淑高舉右手，「這是整場比賽最後一次隊呼，因為在比賽結束之後，我們大家會聚在一起歡呼。」

光北的球員們站了起來，圍繞著謝雅淑，伸出手放在謝雅淑的手上。

謝雅淑大喊：「光北！」

「加油！」

「光北、光北！」

「加油、加油！」

「光北、光北、光北！」

「捨、我、其、誰！！！」

此時此刻，光北的球員上下一心，為了這場比賽的勝利默默下定決心，要在比賽最後的六分鐘把潛藏在體內的所有能量擠出來，跟隊友一起帶領光北迎向勝利，前往甲級聯賽，品嚐在經過無數辛苦與努力之後摘下的甜美果實。

嗶！

尖銳的哨音響起，暫停時間結束，裁判示意兩邊球員上場。

光北與向陽的球員走上場，經過將近三十五分鐘的激戰，雙方的體能都有所下滑，但是此時閃爍在十名球員雙眼裡的，是閃亮的鬥志與決心。

兩邊球員都想要拿下冠軍，都想要前進甲級聯賽，不過在籃球這個賽場上，贏家永遠只會有一個。

「勝利，一定是屬於我們光北的！」

「勝利，一定是屬於我們向陽的！」

光北與向陽的球員瞪視對方，在名為鬥志與決心的眼神接觸下，空中擦出了無形的火花。

第七章

暫停回來之後，向陽球權。

從裁判手中拿過球的辜友榮，底線發球給溫上磊，這時，觀眾席上傳來了加油聲浪。

「向陽加油、向陽加油、向陽加油、向陽加油、向陽加油、向陽加油、向陽加油！」

對於期待球隊在最後一場比賽繼續碾壓對手的向陽學生來說，現在比賽的局面跟他們想像中的落差實在太大，尤其向陽總教練顏書洋先前從未在比賽中被逼到不得不喊出暫停的情況。

這不是他們想要看的比賽，這場是向陽離開乙級聯盟的告別賽，應該要整場比賽領先對手，用極大的分差迎接冠軍到來才對。

觀眾席上的向陽學生利用加油聲提醒球場上的球員，趕快擺脫光北的糾纏，用王者的姿態迎向勝利！

聽著觀眾席上的加油聲，向陽球員眼神中的鬥志更是旺盛，溫上磊很快將球帶過前場，心裡提醒自己剛剛顏書洋寫在戰術板上的字，穩。

在顏書洋叫他們自打巴掌的時候，溫上磊就有自我檢討為什麼會被光北逼到這種程度，而溫上磊得出的原因是，他們不僅沒有打出向陽的節奏，更是被光北牽著鼻子走，光北打得快又明確，他們卻打得亂又著急，此消彼長之下，比數被追近也是很正常的事。

在暫停之後，溫上磊恢復冷靜，顏書洋暫停時所下的指示跟戰術非常明確，他清楚地知道顏書洋期望他們在場上做到的事。

溫上磊看著擺出二三區域聯防的光北高中，心想，哼，我們不會讓你們繼續囂張下去！

「球！」辜友榮從底線跑到罰球圈上緣，舉高右手要球。

正當光北的注意力全部放在辜友榮身上時，陳信志與翁和淳往兩邊邊線移動，拉開禁區的空間，讓辜友榮接到溫上磊的高吊傳球之後，可以擁有足夠的空間做動作。

辜友榮雙手緊緊抓著球，轉身面向籃框，面對高偉柏的防守，從距離籃框這麼遠的地方發動攻勢並不是他的強項，不過在高位接球，他更可以看清楚光北的防守陣形。

辜友榮不囉唆，身體一沉，直接下球往右切，不過厚實的身材讓辜友榮的切入缺乏爆發力，未能擺脫高偉柏的防守，在罰球線就被擋了下來。

魏逸凡看準時機，就要趁機過去包夾辜友榮，楊真毅則留在禁區，以防有人開後門溜進來。外圍的包大偉盯著辜友榮，只要他確定自己進入辜友榮的視線死角，就會馬上衝上前抄球。

面對高偉柏與魏逸凡的包夾，辜友榮不慌不忙，往後退到三分線，把球傳給籃框左邊側有空檔的陳信志。

楊真毅放下自己對位防守的翁和淳，連忙跑到陳信志身旁，而魏逸凡很有默契地盯住翁和淳，補了楊真毅的位置。

單論默契，魏逸凡跟楊真毅絕對是光北最強的二人組。

陳信志也不著急，把球傳給左邊邊線的溫上磊。趁這個時候，楊真毅與魏逸凡立刻回到自己的防守區域。

溫上磊一接到球，李光耀隨即站在他面前，雙手張開，壓低重心。

溫上磊努力抵抗李光耀散發出的壓迫感，拿球往上比了一個投籃假動作，暗自祈禱李光耀會被自己騙起來，但是李光耀完全不為所動。

溫上磊暗咬牙根，李光耀散發出來的壓迫感實在太強烈，讓溫上磊放棄切入的念頭，運球往弧頂三分線走，對隊友說道：「沒關係，穩一波！」

與此同時，內線動了起來，翁和淳利用陳信志的單擋掩護擺脫楊真毅的防守，溫上磊看準時機，地板傳球給翁和淳。

楊真毅在翁和淳接到球的瞬間即時回防，沒有給翁和淳空檔投籃的機會。

翁和淳身體一沉，運球左切，鑽進楊真毅懷裡，楊真毅擔心過於積極的防守會被吹犯規，第一時間沒有跟上翁和淳的腳步，最後賭博性的抄球也沒能得手，只能眼睜睜看翁和淳切進禁區。

眼看翁和淳切進禁區，高偉柏無可奈何，一個跨步擋在翁和淳的行進路線上，同時注意辜友榮的動向。

翁和淳等的就是這一刻，把球往上拋向辜友榮的方向，隨即跑出禁區。

辜友榮高高跳起來在空中接到球，落地的瞬間沒人防守，高偉柏、魏逸凡、楊真毅連忙貼了上去，不去管向陽其他人，讓辜友榮在禁區接到球的危險性，比起放其他人空檔還要可怕太多。

只不過這一次向陽成功轉移光北防守注意力，高偉柏、魏逸凡、楊真毅防守慢了一拍，辜友榮運球用厚實的身材頂開高偉柏，一個跨步來到籃下，收球往上一比，將魏逸凡騙起，這才跳起來出手投籃。

楊真毅沒有辦法，右手用力一揮，再次把辜友榮這次出手毀掉，用這樣的方式把辜友榮帶來的傷害減到最低。

底線的裁判響哨，指著楊真毅，「光北三十三號，打手犯規，罰兩球！」

楊真毅認命地舉起右手，在這種情況下，他認為這樣的結果是最好的。

兩隊球員很快在籃框兩邊站好，等待辜友榮執行罰球，位於觀眾席上的劉晏媜站起身來，對學生加油團跟啦啦隊喊道：「來，跟我一起大喊，投不進、投不進、投不進、投不進、投不進！」

一時間，球館充斥著光北學生的大喊聲：「投不進、投不進、投不進、投不進、投不進、投不進！」

也不知道是不是受到影響，第一球辜友榮還真的沒投進，劉晏媜與其他學生見到干擾似乎有效，更是拚盡全力大喊：「投不進、投不進、投不進、投不進、投不進！」

然而辜友榮調整好力道，漂亮地投進第二顆罰球，清脆的唰聲傳來，替向陽拿下一分。比數六十比六十七，雙方差距七分，比賽時間剩下五分五十五秒。

向陽的學生傳來了歡呼聲。比賽已經進入第四節，每一分都致關重要，都具有改變比賽結局的可能性，他們扯開嗓子，高喊著：「辜友榮好球啊！」、「辜友榮加油！」、「辜友榮，帶領向陽拿下冠軍吧！」

蕭崇瑜皺起眉頭，擔憂地說：「還真的不能讓辜友榮拿到球，除了犯規之外，光北真的阻止不了他。」

場上，高偉柏拿球站到底線外，就要把球交給李光耀，不過向陽採取的戰術，卻讓高偉柏一時間無法傳球。

溫上磊與張國良兩個人一前一後地跟著李光耀，不給他接球的機會，見到這種情況，高偉柏著急地大喊：「嘿，快回來接應！」

已經跑到前場的包大偉回頭一看，發現情況不太對，趕緊跑回後場接球，深怕犯了發球進場的違例（註三），平白把球權還給向陽高中。

高偉柏連忙把球傳給包大偉，讓包大偉運球過半場，而即使包大偉把球帶到前場，張國良與溫上磊依然不放過李光耀，繼續貼著他，怎麼樣都不讓他逃開。

高偉柏見李光耀遲遲未能突破夾擊，知道時間不能這樣拖下去，跑到右邊側翼，「球！」

正不知道該怎麼辦的包大偉，如釋重負地把球傳過去，高偉柏接到球立刻就往禁區切，不過辜友榮已經站在禁區外面等他，高偉柏不敢挑戰，把球傳給外圍的楊真毅。

楊真毅在左邊邊線接到球，瞄了李光耀一眼，發現張國良與溫上磊依然不離不棄地「守護」李光耀，決定這一波的進攻由自己操刀。

楊真毅看著面前的翁和淳，下球往右切，一個運球之後拔起來，帶一步跳投出手，並且帶一點後仰，閃避翁和淳的封阻。

不過或許就是因為難度有點高，楊真毅這一次出手力道稍稍過大，球彈框而出。

辜友榮啊哈一聲，跳起來一把將籃板球抓在手裡，落地的瞬間陳信志大喊：「小心後面。」

辜友榮立刻把球舉高，讓包大偉的抄球無功而返，辜友榮還怒瞪了包大偉一眼，包大偉卻沒有被嚇到，直接跑回後場防守。

這個時候，第四節比賽剩下最後的五分三十八秒。

向陽的觀眾席上傳來了鼓譟聲：「向陽加油、向陽加油、向陽加油、向陽加油、向陽加油、向陽加油！」

向陽的學生不顧聲音已經啞了，對著球場上的球員大喊著，因為這一波打進，向陽將把比數拉開到九分，甚至十分，比賽來到尾端，若能夠擴大領先的優勢，將對光北造成巨大的壓力。

這個道理觀眾席上的向陽學生知道，場上的向陽球員當然也知道。辜友榮把球傳給溫上磊，讓溫上磊帶球過半場之後，積極地跑到罰球線右邊卡位要球，「上磊，球！」

辜友榮感受到背後傳來一股推力，是高偉柏，兩邊則有虎視眈眈的眼神盯著自己，是魏逸凡跟楊真毅。

只不過，辜友榮右手依然高舉著，展現出強烈的要球欲望。

溫上磊不急著把球交給辜友榮，首先傳球給跑到左邊側翼的翁和淳。

翁和淳接到球，把球舉到頭頂上看向辜友榮，這當然讓高偉柏跟魏逸凡感到神經緊繃，但是翁和淳很快將球回傳給弧頂三分線的溫上磊。

溫上磊做了同樣的動作，讓高偉柏、魏逸凡、楊真毅心神一直保持緊繃的狀態，而溫上磊依然沒有把球傳給辜友榮，而是給了右邊邊線的張國良。

速度最快的張國良，接到球並沒有運球切入，而是跟溫上磊還有翁和淳一樣，看著辜友榮，找尋傳球的機會。

見到這種情況，在觀眾席上的苦瓜心裡出現不妙的預感，不自覺地脫口而出：「糟了。」

蕭崇瑜聽到苦瓜的聲音，愕然地轉過頭，「苦瓜哥，怎麼了？什麼事情糟了？」

苦瓜說：「向陽不急了。」

蕭崇瑜感到困惑，「什麼意思？」

苦瓜只好耐著性子解釋：「剛剛光北之所以能夠這麼快就把分數追上，就是因為他們讓比賽節奏變得很快，讓向陽打得亂無章法，可是現在向陽已經穩了下來，而且上一波防守完全沒讓李光耀碰到球。

「楊真毅在第一節大爆發之後，手感沒有維持住，魏逸凡與高偉柏下半場到現在都還沒有休息，體能狀況一定有下滑。」

苦瓜皺起眉頭，越講越感到憂慮，「光北的不利因素一個一個浮現出來，若是不能阻止向陽這一波攻勢，那麼他們好不容易營造出來的氣勢與節奏，將會全部轉移到向陽手裡，屆時……」

光北一定會輸！

除了苦瓜與蕭崇瑜之外，在觀眾席上的沈佩宜、楊翔鷹、高聖哲、葉育誠同時皺起眉頭，他們看得出來向陽正逐步掌握這場比賽的流動，就連不懂籃球的院長跟謝昱婕都感受到場上不對勁的氣氛。

謝昱婕不解地詢問楊翔鷹：「楊董，現在發生什麼事了？」

楊翔鷹沉重地回答：「場上的節奏跟氣勢被向陽奪走了。」

謝昱婕依然困惑，「很重要嗎？」

楊翔鷹緩慢而確定地點了頭，「非常重要，尤其是在第四節比賽，球員體力消耗的七七八八的時候，影響更大，在第四節掌握節奏跟氣勢的球隊，十有八九會贏得勝利。」

謝昱婕說：「意思是這一場比賽光北輸定了？」

楊翔鷹緩緩搖頭，「球是圓的，現在比賽還有五分多鐘，勝負還很難說。」

不過楊翔鷹心裡知道，若是不趕快反擊，這一場比賽真的會很危險。

場上，向陽在外圍傳導球之後，在進攻時間剩下十二秒的時候，終於發動真正的攻勢。

溫上磊將球傳給罰球線右後方的陳信志，因為光北大部分的注意力都在辜友榮身上，陳信志不受干擾地接到球，面對魏逸凡的防守，做出傳球給辜友榮的假動作，使得魏逸凡有那麼一瞬間出現了破綻。

陳信志抓準機會，運球往左切，突破魏逸凡的防守。

魏逸凡心中叫糟，連忙從後追上去，而楊真毅也衝過來協防，陳信志為了不被兩人封阻，加快上籃的節奏，竟因此上籃放槍，球在籃框上轉了兩圈後滾了出來。

不過，光北高中還來不及為陳信志這球沒進感到開心，一道高大的人影飛進禁區裡。

「喝呀！」辜友榮抓下進攻籃板，落地後展現出進攻企圖心，拿球就要出手投籃，高偉柏立刻跳起來要封蓋辜友榮，卻中了假動作。

高偉柏心裡叫糟，卻只能眼睜睜看著辜友榮運球閃過，拿球奮力跳起，把球往籃框塞。

也就是在這個時候，李光耀從三分線外衝了進來，整個人彷彿飛起來一樣，右手用力一拍，送給辜友榮一個大火鍋！

觀眾席上再次傳來嘩然聲，但是光北還來不及歡呼喝采，場邊馬上傳來尖銳的哨音，「光北二十四號，打手犯規，罰兩球！」

李光耀舉起右手，他雖然算準了辜友榮的出手時機，但是起跳的時候慢了半拍，兩人的手確實有接觸，裁判這個犯規吹得合情合理。

裁判對紀錄台比出李光耀的背號後，很快執行罰球，而光北理所當然地傳來鼓譟聲：「投不進、投不進、投不進、投不進、投不進！」

也不知道是不是真的被這些聲音影響，辜友榮第一次罰球又沒有進，臉上明顯出現懊惱的表情，但是辜友榮在執行第二次罰球的時候很快調整好情緒，精神集中，將球罰進。

辜友榮罰球兩投一中，比數六十比六十八，雙方差距八分，比賽時間剩下五分二十四秒。

高偉柏撿起地上的球，踏出場外，見到向陽又使出一樣的戰術，溫上磊跟張國良緊緊跟著李光耀，讓高偉柏只能再次選擇把球傳給包大偉。

顏書洋眼神出現信心，光北十二號，你防守不錯，但是進攻端的弱點太明顯了。

包大偉運球過半場，看到李光耀再次被纏住，只能把球傳給楊真毅。

楊真毅在左邊邊線接到球，儘管他在第四節還沒有任何分數進帳，上一波進攻的中距離跳投也失手，但是在球隊需要得分的情況下，他沒有絲毫猶豫，身體一沉，壓低重心往左邊切，一個運球之後飛快往右轉身，來到籃框正前方兩公尺的位置，收球就準備要跳投出手。

翁和淳連忙撲上來要阻止楊真毅投籃，然而楊真毅把球放回胸前，以左腳為軸心轉身閃開翁和淳，眼前一片開闊，這才跳起來出手投籃。

不過楊真毅的視線中很快又出現一道人影，陳信志放下魏逸凡，一個箭步來到楊真毅面前，舉高右手跳起來，右手伸到楊真毅臉上，想要靠遮擋視線這種方式影響楊真毅這一記跳投。

陳信志想得很美，防守時機也掌握得不錯，但楊真毅早就發現他要過來補防，並且早已想出應對方法——小球傳給在籃下出現空檔的魏逸凡。

魏逸凡穩穩地接到球，直接跳起來投籃，然而宰友榮龐大的身軀撲了過來，「休想！」宰友榮龐大的身軀與狂霸的氣勢迎面而來，魏逸凡卻不慌不忙，甚至有點花俏地背後傳球給從中間空手切進禁區的高偉柏。

在宰友榮選擇撲防魏逸凡的時候，就代表高偉柏出現機會！

高偉柏一接到球就奮力跳起來，打算來個大灌籃提振光北的氣勢，「喝啊！」

可惜，向陽也展現出不讓光北得分的決心，翁和淳在最後一刻即時補防，送給高偉柏一個大火鍋，落地時仰天大吼：「我們向陽的禁區不是你可以來的地方！」

向陽觀眾席上歡聲雷動，不斷傳來驚呼聲：「翁和淳，這個火鍋蓋得漂亮啊！」、「翁和淳，好球！」、「光北聽到沒，我們的禁區不是你們可以來的地方！」、「認命吧，這場比賽的勝利是屬於我們向陽的！」

被翁和淳打飛的球一個彈跳之後往界外飛，光北認為這球不可能救得回來，最後又是翁和淳碰球，出界後球權還是他們的，打算讓球就這麼彈出界外，但是一道人影撲了過去，陳信志在球落地前硬是把球救了回來，而且還傳到溫上磊手裡。

陳信志奮力救球又激起另一陣加油聲：「陳信志救得漂亮啊！」、「加油，比賽只剩下五分鐘了，把這波進攻打進，勝利一定是屬於向陽的！」、「加油、加油、加油、加油！」

光北隊連忙回防，此時此刻，向陽已經徹底掌握了場上的氣勢與節奏，溫上磊絲毫不著急，緩緩地把球帶過前場，臉上沉穩的表情彷彿說著，經過一番驚濤駭浪，這場比賽的勝利最終還是屬於向陽。

溫上磊踏過中線之後停了下來，看向計時器，一直到比賽剩下四分五十九秒才開始發動攻勢。

溫上磊首先將球傳給右側三分線的翁和淳，翁和淳試著切入，雖然被楊真毅擋了下來，不過翁和淳不慌不亂，運球退回三分線外，把球傳回給溫上磊。

溫上磊又立刻傳給左邊側翼的張國良，而張國良想要切包大偉也失敗，又把球回傳給溫上磊。

溫上磊穩穩地接球，感受到面前李光耀散發出來的壓迫感，心裡依然覺得可怕，但是眼神中卻出現剛剛缺乏的自信。

我承認你很強，但是很抱歉，不管你再強，這一場比賽的勝利都是屬於我們向陽高中的！

溫上磊把球高吊傳給上到罰球線的陳信志，在陳信志接到球的瞬間，張國良空手往禁區切，吸引了光北的防守注意力，陳信志就趁這機會地板傳球給當家王牌——宰友榮。

宰友榮在籃框左邊接到球，立刻發動攻勢，運球往右邊切，利用自己厚實的身材把高偉柏往籃框下方擠，而魏逸凡這一次協防來得較慢，沒辦法在第一拍就幫助高偉柏，宰友榮兩次碰撞之後將高偉柏擠到籃板後方，頭上就是籃板跟籃框。

宰友榮成功把高偉柏擠到難以防守的地方後，收球往左邊轉身，左手小勾射出手。

高偉柏預測到宰友榮的出手方式，奮力撲上去，努力地伸長右手，要阻擋這一記小勾射。

你少在那邊小看我了，本大少爺沒你想的這麼好對付！

高偉柏的努力獲得成果，中指指尖微微碰到球，改變球的軌道，而在籃球的世界裡，這輕輕的一碰，就足以改變這一個小勾射的結局。

球落在籃板上彈向籃框，落在籃框側邊，在籃框上轉了一圈之後滾了出來。

「籃板球！」謝雅淑激動地從椅子上跳了起來，對場上的隊友大喊。

魏逸凡就站在籃框旁邊，正跳起來要把球抓下來的時候，張國良從外圍衝進來，助跑起跳，把球往上一撥，讓魏逸凡眼睜睜看著本來就要抓下的球又往上飛。

魏逸凡咬牙，落地之後馬上又跳起來，要把早該屬於他的籃板球抓下來，然而這時向陽展現出對籃板球的強烈企圖心，繼張國良之後，陳信志衝了過來，竟然在魏逸凡頭上把籃板球拿走，腰部用力，在空中直接把球甩給站在三分線外，本來已經準備要回防的溫上磊手上。

陳信志的拚命演出贏得了觀眾席上的歡呼聲，向陽學生大喊著：「向陽加油、向陽加油、向陽加油、向陽加油、向陽加油！」

這一刻，向陽的氣勢徹底壓過光北，來到第四節比賽的最高點。

整座球館充滿向陽加油的歡呼聲，溫上磊冷靜地等待時間流逝，要贏得這場比賽，現在最不需要的就是著急。

李光耀不想讓溫上磊浪費時間，主動跑到溫上磊面前要抄球，溫上磊不敢面對李光耀，把球傳給張國良，而包大偉跟李光耀一樣，上前貼身防守。

然而包大偉這個舉動，讓張國良找到了可乘之機。

張國良眼神閃過自信的光芒，太靠近我，我馬上就讓你付出沉重的代價！

他身體一沉，壓低重心運球往右切，展現出驚人的第一步爆發力，突破包大偉的防守，像刀一樣切向禁區。

張國良在罰球線收球，往前跨了兩大步，無懼於補防的高偉柏，將球高高往上一拋。

高偉柏心裡生出不妙的預感，轉頭往後一看，就見到辜友榮像是火箭升空一樣跳起，接到張國良的高拋傳球。

這一次，再也沒有人能夠用犯規阻止辜友榮得分。

辜友榮雙手用力，使盡全力把球塞進籃框裡。

砰！炸響聲傳來，整座籃球座止不住地搖晃，發出刺耳的金屬摩擦聲。

辜友榮落地之後繃緊全身肌肉，仰天大吼：「啊啊啊！」

場邊的隊友全部跳了起來，揮動手上的毛巾，大吼著：「學長，好球啊！」、「我們贏定了！」、「學長，我們都準備好了！」

觀眾席上的學生也都站了起來，揮動手上的加油牌，興奮地大喊：「向陽、向陽、向陽、向陽、向陽、向陽、向陽！」

這時，比賽時間剩下四分二十四秒，比數六十比七十，差距回到雙位數的十分差。

李明正皺起眉頭，走向紀錄台想要喊暫停，但是場上的李光耀卻對他搖搖頭，右手伸出大姆指指向自己，用眼神跟手勢對李明正說，老爸，放心，有我在！

「明正，你不喊暫停！？」

吳定華見場上的形勢倒向向陽，心裡非常焦急，看李明正邁步走向紀錄台，以為他要去喊暫停對球員下達指示，也趁機讓向陽高漲的氣勢降溫，心裡鬆了一口氣，沒想到李明正又走回來，處之淡然，好像場上現在領先十分的是光北不是向陽似的。

李明正輕輕地搖頭，臉上找不到一絲擔憂的情緒，「再觀察一下。」

比賽大部分時間都保持沉默的楊信哲，突然說道：「李光耀似乎有什麼辦法，所以才比出不要喊暫停的手勢。」

吳定華皺起眉頭，望向場上，心想在這種不利的情況之下，能有什麼好的辦法？

向陽高中不負王者之名，短短不到兩分鐘就把氣勢從光北手中搶了回來，穩下節奏，在禁區連續造成光北的犯規，並且在罰球線上拿下分數，上一波進攻更是發揮出豐富的經驗與良好的默契，讓辜友榮上演一記精彩的空中接力大灌籃。

此時此刻，觀眾席上的向陽學生認定這一場比賽已經到了落幕的時候，就等代表比賽結束的聲音響起，向陽高中將面露自信的笑容，接過那金光閃閃的冠軍獎盃，在明年一月站上台灣高中籃壇最高舞臺，翻開向陽籃球隊新的史詩篇章。

向陽學生各個臉上都帶著興奮的表情，萬分期待這一刻的來臨，而隔著球場，對面的觀眾席上，所有光北的學生心情極為沉重，臉上寫滿了擔憂，比賽的情勢極端不利，就連劉晏媜也幾乎陷入絕望，生不出力氣帶領學生加油團與啦啦隊為光北高聲加油。

在光北一片沉寂鬱悶之中，出現一道劃破寂靜的嘹亮聲音，「李光耀，加油！」

劉晏媜轉頭循聲看去，發現謝娜身子站得筆挺，對著球場大喊。

一時間，一股不服輸的情緒衝上心頭，劉晏媜幾乎是從椅子上跳起來，轉身面對所有人，

「全部人都站起來！場上的球員還在努力奮戰，在場上的他們沒有認輸，我們這些在觀眾席的人也不能認輸，來，大家跟我一起喊，光北加油、光北加油、光北加油！」

聽到劉晏媜努力大喊加油，喊到嗓子都啞了，其他人受到鼓舞，精神一振，全都站了起來對著球場大喊：「光北加油、光北加油、光北加油、光北加油、光北加油！」

扛著大鼓的男生舉起鼓棒奮力敲打大鼓，發出低沉的咚、咚、咚聲響，嘴巴同時跟隨其他人一起幫光北加油。

帶起這一波加油聲的謝娜，眼眸直直地盯著李光耀，心裡不斷為李光耀祈禱，希望他能夠跨過這次難關。

李光耀，我相信你一定可以成為全世界最強的籃球員，這裡只是你其中一個難關，你絕對跨得過去，我相信你！

謝娜深吸一口氣，大喊著：「李光耀，加油！」

聽到觀眾席上的加油聲，正跑回後場防守的辜友榮臉上露出了一抹笑容。

光北高中，你們真是幸運，竟然有這麼一群到最後還不肯放棄的人在為你們加油，為了不辜負他們的期待，來吧，使盡全力試著挑戰我們，即使你們最後還是會輸，但是至少你們試過了，面對我們王者向陽，你們能夠拚戰到這種程度已足以自傲！

辜友榮已經準備好迎接勝利的到來，腦海浮現球隊沐浴在掌聲與歡笑的情景，而身為球隊王牌的他，將與顏書洋總教練一起捧起那最高榮譽的冠軍獎盃。

然而，辜友榮臉上的笑容沒有維持太久，因為當他跑到後場，轉身要觀察光北攻勢的時候，光北那名身穿二十四號的球員竟然已經突破溫上磊與張國良的包夾防守，衝了過來。

李光耀對場外的李明正比出不要喊暫停的手勢之後，拿球踏出底線外，把球發給高偉柏。

高偉柏接到球的瞬間愣住，因為不管是之前新興高中或者現在光北高中，他都不會是那個運球過半場的人。

一時間高偉柏不知該做何反應，是該傳給包大偉？又或者是他自己將球帶到前場？

不過隨著李光耀一聲大喝，高偉柏頓時醒了過來。

「把球給我！」李光耀把球傳給高偉柏之後立刻踏進場衝向他，高偉柏腦筋動得很快，察覺出李光耀的目的，也看到張國良與溫上磊從一旁要包夾李光耀，側身站立，右手把球放到身前，李光耀接到球的瞬間高偉柏轉身面向張國良與溫上磊，讓他們兩人必須繞過自己的身體才能繼續追上李光耀。

高偉柏這個小小的轉身動作讓張國良與溫上磊錯失包夾李光耀的最佳時機，只能看著李光耀越跑越遠，衝過前場。

儘管時間不利於光北，儘管向陽還握有雙位數的領先，李光耀眼神裡的自信絲毫沒有減少。

這場比賽還沒有結束，向陽高中，你們想要高興還太早了點！

李光耀看到陳信志與翁和淳朝自己衝過來，心裡馬上做出判斷，運球往右切，要從陳信志這個點突破。

陳信志知道速度上自己遠遠不及李光耀，只求能夠限制他的進攻路線，讓身後的辜友榮可以更容易預判李光耀的動作，賞給李光耀大火鍋。

陳信志往左後方退，卻突然撞上了一堵牆，眼角餘光發現是魏逸凡的單擋掩護，心裡大聲叫糟。

李光耀在右邊側翼三分線外停下來，翁和淳、辜友榮一前一後站在禁區想要阻止他的切入，張國良與溫上磊則還在後面，過了陳信志之後，李光耀周圍無人防守。

李光耀眼睛盯著籃框，眼神專注而堅定，收球拔起來，跳投出手。

在出手的那一瞬間，李光耀可以感受到球面上顆粒的粗糙觸感，這股觸感告訴李光耀，這一顆三分球一定會進。

李光耀看著球，右手高舉，維持出手姿勢，下個瞬間，唰！

球空心入網，李光耀這顆三分球進得乾脆俐落，最重要的是，從發球進場到投進三分球，總共只花了五秒鐘的時間。

比數六十三比七十，雙方差距七分，比賽時間剩下四分六秒。

這一顆三分球讓光北高中整個醒了過來，每一個人臉上都充滿了振奮的光芒，謝雅淑在板凳區又叫又跳，「李光耀，好球！這一球投得漂亮！」

同時，向陽學生的表情大變，他們本來已經認定這場比賽贏定了，滿心期待勝利的到來，殊不知李光耀這個讓他們恨得牙癢癢的傢伙又跳了出來，畢竟在比賽還有四分六秒的情況下，七分絕對不是保險的分數。

李光耀投進三分球之後，馬上跑回後場防守，用力拍手，大喊道：「好了，比賽剩下最後四分鐘了，大家不用慌張，把防守做好，進攻就交給我。」

李光耀看著運球過半場的溫上磊，壓低身體，高舉右手，比出大姆指，「我一定會把你們帶到甲級聯賽，這是男子漢的承諾，絕對不會食言！」

聽著李光耀跟平時一樣狂妄自大的言語，通常會覺得臭屁的隊友們，此時感受到的卻是無比的踏實與自信。

高偉柏大吼：「好，男子漢的承諾，說好了，大家一起去甲級聯賽！」

魏逸凡隨即回應：「我們一起去甲級聯賽！」

高三的楊真毅，不願高中籃球生涯就此終結，心情激動，大聲回應：「大家齊心協力，我們一定會贏！」

包大偉眼睛盯著踏過半場的張國良，也大吼：「好！」

李光耀眼神堅定，面對成軍以來最強對手的向陽高中，在艱難的時刻集結所有隊友信任的他，已經做好準備，要用實質的行動扛下領袖的沉重責任，以此回應隊友的信任。

溫上磊右腳踏過中線的瞬間，李光耀像是飛箭一樣往前衝，溫上磊不敢面對李光耀的防守，連忙將球傳給張國良，然而溫上磊馬上就後悔自己做了這個決定。

包大偉看準溫上磊怕了李光耀，認定他一定會傳球，確認張國良的位置後直接往前衝，乾淨俐落地將球抄了下來！

「回防！」辜友榮大喊的同時拔腿狂奔，因為他看到那隻該死的狐狸抄到球之後馬上傳給了李光耀。

溫上磊暗罵自己笨蛋，怎麼在這種時候犯下如此愚蠢至極的失誤，看到李光耀接到傳球毫不猶豫地運球跑快攻，速度奇快，牙一咬，右手往李光耀的手揮去。

場邊馬上傳來尖銳的哨音，裁判指著溫上磊，「向陽十九號，打手犯規！」

溫上磊舉起右手，他知道自己一定守不住李光耀的快攻，只能夠用犯規來讓李光耀停下來。

在觀眾席上的蕭崇瑜一臉扼腕，重重拍了大腿，「可惜！如果不犯規，李光耀一定能打進！」

場邊的顏書洋，則不禁鬆了一口氣，嘴上大喊：「跟住！不要再被過了！」

場上，球賽繼續進行，李光耀手被打到的地方明顯發紅，傳來火辣辣的疼痛，但是李光耀不在意，心神全部放在逆轉這場球賽上，邊線發球給包大偉，隨後踏進場衝過去，想要用同樣的方法拿球，突破向陽針對他的雙人包夾。

不過向陽可不是省油的燈，張國良與溫上磊在李光耀進場後就衝上去包夾，不給他接球的機會。

李光耀無可奈何，如果勉強接球可能會發生失誤，只好繞過包大偉。

正當李光耀苦思該怎麼把球拿到自己手上時，他發現禁區的楊真毅、魏逸凡、高偉柏全都看著他。

一看到三人的眼神，憑著幾個月共同訓練下來的默契，李光耀選擇筆直往禁區空手切。

向陽一開始還不確定李光耀想要幹嘛，但當李光耀利用楊真毅的單擋掩護甩掉張國良，再靠魏逸凡擺脫溫上磊，最後繞過高偉柏厚實的身體從禁區跑到右邊側翼，接住包大偉的傳球時，向陽終於察覺不妙。

為了拿到球，李光耀幾乎繞了半場一圈。

這時，比賽剩下三分五十一秒，顏書洋揮動右手，在場邊大喊：「快包夾！快點！」語氣甚至帶著緊張。

李光耀接球後往下一看，確定自己站在三分線後面，眼睛瞄籃，拿球準備再次出手三分球，首先衝上來的張國良連忙跳起來要阻止李光耀，卻中了李光耀的投籃假動作。

李光耀身體一矮，運球閃過張國良，快速往禁區切，溫上磊這時跑上前，形成向陽的第二道防線。

面對溫上磊的防守，李光耀收球往左轉身，甩開溫上磊，面對籃框後拿起球，準備拔起來跳投出手，溫上磊心裡一急，連忙撲上去，但是李光耀卻在這時候身體一縮。

溫上磊心裡大叫一聲糟糕，在空中想要躲犯規，但還是整個人撞在李光耀身上。

李光耀身體碰撞的瞬間把球投出去，場邊尖銳的哨音隨即響起，「向陽十九號，阻擋犯規！」

球場內每個人都盯著那顆球，尤其場邊的顏書洋更是瞪大雙眼。

不會吧……

讓顏書洋鬆一口氣的是，李光耀這球落在籃框後緣彈了出來，場邊裁判喊道：「罰兩球！」

李光耀抹去額頭上的汗水，拍了一下手，臉上露出惋惜的表情，他本來是想要製造三分打的機會，但是在失去平衡的情況下，這球出手力道還是稍稍過大。

李光耀沒有讓不甘心的情緒困住自己，走到罰球線上，很快變得專注，深吸一口氣之後，無視向陽的鼓譟聲，穩穩地投進兩顆罰球。

每天早上必定會練習的一百顆罰球，在比賽的關鍵時刻起到作用，比數六十五比七十，差距縮小到五分，比賽剩下三分四十七秒。

顏書洋在心裡默默嘆了一口氣，李光耀這名球員，不僅實力強，心臟也夠大顆！

顏書洋搖搖頭，叫自己不要去想李光耀，這對比賽沒有幫助。他對著場上大喊：「上磊，穩下來，不用急！」

溫上磊對顏書洋點了頭，表示自己知道，但陳信志突然大喊：「上磊，小心！」

溫上磊連忙轉回頭，看到李光耀衝了過來，心裡頓時冒出把球傳出去的念頭，可是想到剛剛就是因為這樣失誤，逼自己鎮定下來。

溫上磊壓低身體往李光耀懷裡鑽，利用肩膀故意去頂李光耀，將他微微撞開，加速過了前場，發現李光耀不屈不撓地跟在自己身旁，溫上磊感受到極大的壓力。

張國良見溫上磊無法順利擺脫李光耀，馬上跑去幫忙，利用身體幫溫上磊掩護，擋下了李光耀。

但包大偉很快地站到溫上磊面前，讓他不得不停下腳步，而李光耀完全沒有放過溫上磊的意思，從後面貼了上去。

張國良發現溫上磊即將面臨包夾，連忙舉起手，「上磊，球！」

溫上磊不敢把球留在手上，立刻傳給張國良。

張國良接到球的時候以為會有大空檔的投籃機會，但是楊真毅拋下對位防守的翁和淳，立刻站在他面前。

與此同時，禁區裡的高偉柏大聲指揮道：「大偉，那邊有空檔，你去補位！逸凡，注意向陽的前鋒，別被他偷開後門！」

魏逸凡與包大偉同時叫喊道：「好！」

在高偉柏的指揮之下，光北的防守變得主動積極，充滿壓迫力，讓向陽無法打出順暢的進攻。

見此，光北學生賣力大喊：「防守、防守、防守、防守、防守！」

辜友榮感到煩躁，從底線跑到罰球圈上方，「球給我！」

在左邊側翼持球的張國良，馬上把球高吊給辜友榮。

辜友榮跳起來接到球，落地後轉身面向籃框，站在他面前的一如往常是高偉柏。

顏書洋大喊：「進攻時間不夠了，直接打掉！」

辜友榮馬上下球往右切，運用身材上的優勢將高偉柏頂開，但是魏逸凡的補防馬上到來，楊真毅也第一時間衝過去包夾。

辜友榮沒有著急硬打，在這時把球用力往左邊底角丟過去。

光北的目光隨著球移動，發現溫上磊大空檔接到球，李光耀不放棄衝過去，但是卻根本影響不了溫上磊這一次跳投。

球在空中劃過一道美妙的拋物線，空心進籃，激起一道清脆的唰聲。

「啊啊啊啊！」溫上磊仰天大吼，右手握拳用力一揮。

這一顆三分球激勵了向陽的士氣，板凳區的隊友大喊：「阿磊，好球！」、「這個三分球投得太漂亮了！」、「就這樣一口氣把光北擊垮吧！」、「學長加油！」

觀眾席上理所當然也傳來歡呼聲：「向陽、向陽、向陽、向陽、向陽！」

場上，李光耀沒有因此著急，大聲指示：「大偉，帶球！」然後快步跑到前場，在右邊底角停下，而他的身旁，溫上磊與張國良依然緊盯防守。

包大偉接過高偉柏的底線發球，把球帶過中場的瞬間，李光耀動了，光北動了，向陽也動了。

註　三：進攻方若是未能在五秒鐘內發球進場，視為違例，記失誤一次，球權轉換。

第八章

李光耀開始亂竄，試圖利用高偉柏、楊真毅、魏逸凡的掩護甩開張國良與溫上磊的盯防，但是向陽當然不會讓李光耀稱心如意，翁和淳、陳信志、辜友榮的協防幫助張國良與溫上磊始終追在李光耀左右。

這樣的情景，讓蕭崇瑜感到驚歎，「天啊……我真的是在看高中聯賽嗎？」拿起相機想補捉李光耀的身影，卻很快放下，「李光耀跑得太快了，根本拍不到！比賽打成這樣真的好扯，向陽根本只守李光耀一個人！」

就在蕭崇瑜驚歎的同時，李光耀總算利用隊友的單擋掩護拉開與張國良、溫上磊的距離，在左邊邊線接到球。

但是李光耀根本沒辦法放鬆，張國良與溫上磊立刻追過來，李光耀趁兩人包夾防守還沒有完全到位，運球往左切，選擇張國良作為突破口。

李光耀壓低重心，巧妙運用肩膀頂開張國良，切底線殺進禁區。就在他收球準備上籃的瞬間，辜友榮抓準出手時機跳了起來——

守住了！

顏書洋右手握拳，認為辜友榮補防時機掌握得非常好，這球李光耀不是被蓋火鍋，就是為了閃躲封蓋而只能亂投。

只不過，李光耀沒有出手。

李光耀身體一縮，強大的體能素質讓他得以在空中停留一陣，眼睛往外看，找到空檔的楊真毅，在落地之前把球傳過去。

楊真毅在他最喜歡的罰球線右側接到球，進攻時間只剩下四秒，拿球跳起，眼睛緊緊盯著籃框，卻在翁和淳衝過來的時候，在空中把球傳給從右邊邊線空手切進禁區的魏逸凡。

都已經守到最後，向陽說什麼也不想讓光北在最後一刻把球投進，陳信志往魏逸凡衝過去，想要蓋他的火鍋。

魏逸凡極為冷靜，看著陳信志，左腳一踏，右手把球高高一拋。

球越過陳信志的手，落入籃框的同時二十四秒進攻時間到，低沉的叭聲響起，而陳信志因為著急，沒辦法穩住身體，撞上了落地的魏逸凡，讓他失去平衡跌倒在地。

嗶！底線傳來尖銳的哨音，裁判指著陳信志，「向陽二十五號，阻擋犯規，球進算，加罰一球！」

「呀啊啊啊啊！」魏逸凡從地上彈起來，激動地仰天大喊，看著大喊「好球」衝過來的楊真毅，伸出右手擊掌，發出響亮的啪聲。

「好球啊！」高偉柏甚至激動地將魏逸凡整個人抱了起來。

李光耀故意用力拍了魏逸凡的屁股，讓魏逸凡痛叫一聲，「你幹嘛！？」

李光耀露出大咧咧的笑容，伸出拳頭，「好球。」

高偉柏將魏逸凡放下來，魏逸凡哼了一聲，與李光耀碰拳，「那當然！」

隨後，魏逸凡走到罰球線上，向裁判敬禮後，接住傳來的球。

觀眾席上立刻傳來吵雜的聲音：「投不進、投不進、投不進、投不進、投不進！」

魏逸凡深呼吸，雙手感受球面上顆粒的觸感，瞄準籃框，拿起球，輕柔地投出。

可惜的是，魏逸凡出手過於用力，球落在籃框後緣彈了出來，籃板球被辜友榮拿下來。

魏逸凡沒能完成三分打，比數六十七比七十三，時間剩下三分零八秒。

謝雅淑在場外大喊：「沒進沒關係，大家加油，這波守住！」

詹傑成也站起高喊：「把防守做好，大家一起去甲級聯賽！」

王忠軍跟麥克也從椅子上站了起來，大聲為球隊加油，而觀眾席上的劉晏媜也帶領學生大吼著：「防守、防守、防守、防守、防守！」

場上，溫上磊把球帶過前場的瞬間，李光耀衝上去施加壓力。

溫上磊心裡一緊，告訴自己不要被李光耀影響，打出向陽自己的節奏，穩下來，贏的一定是我們！

溫上磊右手運球，用身體與左手保護球，眼睛瞄向翁和淳，後者會意，立即跑上來幫忙單擋掩護。

溫上磊試圖利用掩護從右邊擺脫李光耀，但李光耀一個箭步追上溫上磊，利用積極的防守打亂溫上磊的運球節奏，不讓他組織向陽這一波進攻。

這種防守方式非常累，體力消耗很大，可是在比賽的最後，每一波攻防都至關重要，必須放手一搏！

只不過，過於積極的防守，讓邊線的裁判吹響哨音，指著李光耀，「光北二十四號，打手犯規！」

李光耀沒有多說什麼，舉起右手，眼睛依然盯著溫上磊，眼神充滿熊熊鬥志。

溫上磊不敢與李光耀直視，覺得自己就好像被老虎盯上的綿羊，暗地吞了一口口水，自從他加入向陽籃球隊之後，就再也沒有在球場上感受到這種無能為力。

溫上磊不得不承認，李光耀跟他，是完全不同檔次的球員。

裁判對紀錄台比完李光耀的背號之後，溫上磊站到最靠近犯規地點的邊線外，從裁判手裡接過球，傳給接應的張國良。

顏書洋這時候大喊：「國良，注意進攻時間！」

張國良看了計時器一眼，發現進攻時間只剩下十三秒，知道能夠組織一波進攻的時間不多，立刻對包大偉發動攻勢，壓低重心，利用變向換手運球往左切，鑽進包大偉懷裡。

包大偉沒能夠擋下張國良的切入，但是卻聰明地用身體壓縮張國良的切入空間，讓後面的楊真毅可以迅速補防。

張國良見到楊真毅擋在眼前，緊急煞車，拿球跳起來，將球傳給左邊底線的陳信志。

「我來！」魏逸凡大喊一聲，朝陳信志衝過去。

陳信志沒有被魏逸凡的大喊聲嚇到，冷靜地把球高吊傳到禁區。

「喝啊！」辜友榮跳起來拿下球，落地後直接下球往禁區頂，趁光北包夾還沒有到位的情況下強攻籃框。

高偉柏被辜友榮撞得連連後退，見到辜友榮就要收球上籃，憑著一股不服輸的意志力跳起來，右手伸到辜友榮臉上遮擋住他的視線。

這是高偉柏在這場比賽第一次採取這種防守，辜友榮一時間被突然出現在眼前的大手嚇了一跳，這簡單的上籃竟然因此失手，球從籃框上滾出來。

辜友榮暗罵一聲可惡，立刻跳起來抓下進攻籃板，想要把球擺進，但楊真毅即時協防，在辜友榮出手瞬間大手一揮，右手中指碰到球，改變球的軌道，讓辜友榮這次出手彈框而出。

辜友榮心裡大罵該死，想再把進攻籃板球抓下來，但高偉柏不讓他稱心如意，把彈出的球往外圍拍。

球飛出來，兩邊球員馬上衝去搶球，離球最近的是包大偉，但張國良也速度飛快地衝上前。包大偉心一橫，左腳往下一踏，整個人朝著球飛撲過去，硬是搶在張國良之前把球抱在懷裡，整個人撲倒在地。

張國良不願放棄，伸手到包大偉懷裡想把球搶過來，這時李光耀跑過來接應，「大偉，球！」

包大偉聽到李光耀的叫喊聲，把球從張國良胯下之間丟給李光耀。

李光耀彎低身體接到滾來的球，就要衝到前場打快攻，卻沒發現不知不覺從後面靠近的溫上磊，魏逸凡大叫小心時已經來不及，溫上磊手一撈把球抄走，要回頭打光北個措手不及。

溫上磊從弧頂往內切，在罰球線碰到楊真毅的防守，眼角餘光見到從左邊底線溜進禁區的翁和淳，立刻把球傳了過去，心想這一次一定能夠得分！

然而，楊真毅打從一開始就算準溫上磊不會自己上，觀察到他視線的方向，身體馬上反應，右手一伸，雖然沒有直接把球抄下來，但是指尖撥到球，改變球的方向，讓球往邊線飛了過去。

「跑！」球場傳來一聲大吼，高偉柏拔腿狂奔追球，在球即將落地出界前，整個人跳到場外，右手拿到球，奮力往前場甩。

顏書洋看到高偉柏真的救到球，心頭一驚，而讓他倒吸一口氣的是，有一道身影跑得比任何人都快。

光北的李光耀。

顏書洋著急地大喊：「追，不要讓他得分！」

不用顏書洋提醒，張國良早已經追了上去，但是李光耀在高偉柏衝出界外的那一刻就已經往前場衝，是全場反應最快的人，張國良只能死命追在李光耀屁股後面。

張國良本來想要等李光耀接到球之後，從後面把球抄掉，但是他很快發現，李光耀運球推進的速度比他想像的還要快！

李光耀知道張國良在後面，接到球之後，刻意把球用力往前運，讓球彈到三步之前的地方，用半是追球半是運球的方式把速度提到最快，僅僅兩次運球就到了籃框之前。

張國良覺得這樣下去不行，眼中閃過決絕，心一橫，從後面飛撲上去，要把李光耀整個人拉下來。

然而又有一件超乎張國良想像的事情發生了。

——李光耀的彈跳力，遠遠比他想得更快、更高、更強！

李光耀看著籃框，深吸一口氣，全然不去管身後的張國良，整個人像是火箭升空一樣跳起來，右手拿球往後拉，用力把球塞進籃框。

砰的一聲巨響傳來，球進的同時，李光耀身後傳來一道劇烈的撞擊力，讓他失去平衡，飛出界外，重重跌倒在地，還差一點撞到底線的裁判。

尖銳的哨音響起，裁判接著做出顏書洋萬萬不想看到的手勢，右手抓住左手手腕，「向陽七號，違反運動道德犯規，進球算，加罰一球！」

球館內頓時歡聲雷動，只要是支持光北的人全部都從椅子上站了起來，雙手舉高，眼神閃爍興奮光芒，「李光耀、李光耀、李光耀、李光耀、李光耀！」

重摔在地的李光耀馬上跳了起來，甚至還做了好幾個伏地挺身，用這樣的方式對大家表示他依然生龍活虎，沒有因為這次犯規而受傷，看到李光耀這個模樣，現場的歡呼聲浪更大。

此時此刻，就連謝昱婕都起了雞皮疙瘩，本來她只是抱持觀察的心態來看球賽，沒想到這一場球賽之精彩，竟然讓她也跟著心跳加速。

聽著學生的歡呼，謝昱婕心想，難怪謝娜會因為他打開封閉已久的心靈，李光耀確實有遠遠超乎同儕的魅力。

很好，我就看看你到底可不可以帶領光北高中打贏這場比賽，如果你做到了，我會承認你是個能夠讓我女兒依靠的男人！

場上，李光耀站上罰球線，接過裁判傳來的球，做了一次深呼吸，在比賽的關鍵時刻，即使只是站在罰球線上，那恐怖的壓力都是旁人無法想像的。

自信如李光耀，也感受到沉重的無形壓力，但是他沒有被壓力擊垮，刻苦的練習在這時起了作用，李光耀眼睛盯著籃框，舉起球，穩穩地將球投出。

球隊練習時，在結束某一項疲累的訓練後，李光耀常常喝兩口水後就馬上拿著球站到罰球線上練投，為的，就是今天這種場面。

唰！

李光耀罰球空心破網，完成三分打。在這一波進攻之後，光北把差距縮小到僅僅的三分差，比數七十比七十三，比賽時間剩下兩分四十秒。

不管是站在球場上的球員，場外的隊友、教練，或者觀眾席上的光北人，此時都充滿了信心，心裡浮現出了同樣的想法。

我們一定會贏！

因為違反運動道德犯規的規則，在罰球結束後原進攻方光北，在李光耀完成三分打之後依然握有球權。

見到李光耀走到中線外準備發球，光北的氣勢更是上漲，而向陽好像被光北迎面痛擊一般，氣勢整個消沉下來。

這時候，一道低沉的大吼傳來：「大家抬起頭來，光北都要攻過來了，認真守一波！」辜友榮用力拍手，雙手往上高舉，「我會帶領你們拿下冠軍，你們做好防守就好，進攻交給我來！」

辜友榮的大喝聲，讓場上四個隊友頓時鎮定下來。繼辜友榮之後，溫上磊也大聲對隊友說：「大家回想教練剛剛說的話，穩下來！」

溫上磊眼神流露堅定，決定用表現告訴在這座球館內的向陽人，不管過程如何驚險，冠軍最後還是會落在他們手裡。見李光耀從包大偉手中把球拿回來，溫上磊立刻上前貼住李光耀，張國良也衝了上去，兩人合力要逼李光耀把球傳出去。

類似的場面繼續上演，包大偉、楊真毅跑來幫李光耀掩護，李光耀這一次選擇溫上磊作為突破點，利用包大偉的掩護往左邊切，溫上磊不讓李光耀稱心如意，很快追了上去。

李光耀發現溫上磊不屈不撓地追上來，而禁區的向陽球員也縮小防守圈，在三分線之前緊急煞車，溫上磊抓準機會，立刻再貼上李光耀，張國良也想在第一時間跟上，繼續與溫上磊聯手夾擊李光耀。

李光耀當然不會呆呆地等著張國良過來形成包夾，一個胯下運球往右切，跨出一步後馬上轉身運球，要從左邊突破溫上磊。

下半場比賽幾乎是被李光耀耍得團團轉的溫上磊，從之前的經驗吸取教訓，認為李光耀一定不會單純的向右切，接下來絕對會有不同的動作，而溫上磊猜中了，在李光耀轉身運球的瞬間整個人往右撲，右手伸出，腦海裡已經出現他抄到球，並且與張國良完成快攻上籃的畫面。

不過溫上磊卻沒有想到，李光耀的運球技術，甚至比他想像的還要厲害。

李光耀發現溫上磊撲上來，冷靜地左手把球往下一按，快速的變向換手運球讓溫上磊撲了空，運球往右切，見到向陽的禁區支柱在籃框前等著他，直接收球，眼睛看著籃框，往上比了一個投籃假動作，將追上來的張國良騙起，等到張國良整個人從眼前飛過之後，拔起來跳投出手。

顏書洋跟向陽學生心中一緊，心想，該不會又要進了！？

讓他們隨即鬆一口氣的是，不知道是不是受到剛剛的重摔影響，又或者是李光耀太急於把差距拉近，這一次出手的節奏過快，力道稍稍過大，球落在籃框後緣彈了出來。

光北學生發出惋惜聲，而辜友榮立刻跳起來，抓下這顆籃板球。

辜友榮落地的時候，雙手緊緊抱著球，瞪著周圍的光北球員，像是用眼神對他們說，禁區是我的天下，這顆籃板球，誰也別想從我手中偷走！

見到辜友榮霸氣十足地抓下籃板球，光北學生感到擔憂，即使李光耀表現神勇，光北又在下半場明顯壓制辜友榮的發揮，但是每一個人都看得出來辜友榮就是一個絕對不能小看的球員。

只要辜友榮還在，光北高中就沒有鬆懈的本錢。

場上，辜友榮把球傳給溫上磊之後，大步跑到前場。

溫上磊帶球過半場的同時，瞄了計時器一眼，發現距離比賽結束還有兩分二十八秒，雙方差距僅僅只有三分。

一個極度不安全的領先優勢，光北只要投進一顆三分球就可以把比分追平，更別說，他們還有一個李光耀。

溫上磊咬牙，這一球，一定要打進！

這時，場邊傳來提醒：「上磊，穩下來！」

溫上磊轉頭一看，見到顏書洋雙手往下壓，做出沉住氣的手勢，「把節奏慢下來。」

溫上磊對顏書洋點頭，深呼吸，壓下躁動的情緒，伸出右手指揮隊友跑位，這一刻，場上十名球員根本聽不到觀眾席上的歡呼聲跟鼓譟聲，精神全部投注在比賽裡。

「球！」在比賽關鍵時刻，辜友榮想要一肩扛起球隊的勝負，上中要球。

溫上磊把球高吊給辜友榮，正當光北五人都把注意力跟視線集中在辜友榮身上的時候，溫上磊突然往禁區衝，從辜友榮手中把球拿回來，直接殺進禁區，一時間光北竟然沒有人擋下溫上磊，就連溫上磊自己都沒想到會這麼順利，收球就要上籃。

魏逸凡在溫上磊跳起的瞬間撲上，卻因此放陳信志一個大空檔，溫上磊沒有放過這個機會，在空中小球傳給陳信志。

溫上磊突如其來的切入搞得光北防守大亂，陳信志周圍沒有任何人防守，速度飛快的李光耀從外圍衝進禁區，明知自己來不及封阻陳信志，卻依然高高跳起來，抱著一絲希望想要嚇一嚇陳信志。

也不知道是不是真的受到李光耀的影響，陳信志這一次十拿九穩的上籃竟然沒有進！

看著球在籃框上轉了一圈後滾了出來，陳信志幾乎想要殺了自己，在這種關鍵時刻，這兩分沒有拿到對向陽來說實在是太傷了！

觀眾席上的向陽學生抱著頭，露出不敢置信的表情，陳信志為了彌補過錯，連忙出手想要把籃板球搶下來，但是魏逸凡卻跳起來把球從他手上撥掉，隨後撿到球的人，偏偏又是李光耀。

「走！」李光耀大喝一聲，告訴隊友跑快攻。

包大偉頭也不回，像是飛箭般往前場衝，速度飛快的張國良立刻追了上去，向陽全隊也趕緊回防，不讓光北有快攻得分的機會，除了溫上磊之外。

溫上磊不去管往前飛奔的包大偉，貼上運球的李光耀，但是沒有張國良幫忙包夾，他的防守對李光耀產生不了威脅，李光耀看似簡單地壓低重心往右切，直接突破溫上磊的防守，輕而易舉地把球帶過前場。

然而，溫上磊的存在確實稍微影響李光耀的速度，而向陽回防也夠快，李光耀發現沒有快攻機會，跨過中線後就慢下腳步，沒有因為著急而亂打。

向陽卻不給李光耀指揮球隊的機會，溫上磊從後面追上，張開雙手站在李光耀面前，張國良這時也拋下包大偉，上前與溫上磊聯手包夾李光耀。

魏逸凡與楊真毅很快跑上去，要幫李光耀掩護，但是李光耀這一次選擇傳球，把球高吊給楊真毅，「直接打掉！」

楊真毅接到球便運球切入，而就跟剛剛溫上磊切入讓光北一時反應不過來一樣，向陽也沒想到李光耀會選擇傳球給楊真毅，讓楊真毅一直切到罰球線，翁和淳才連忙對上去。

楊真毅不給翁和淳撲上來的機會，停下腳步，收球拔起來，在他擅長的中距離，後仰跳投出手。

楊真毅這次出手選擇非常好，不過下半場至今，楊真毅手感始終維持冰冷，這一次出手還是沒進，跳投力道稍小，球落在籃框前緣彈了出來。

幸運的是，籃板球直接彈向高偉柏，讓辜友榮與陳信志的籃下卡位變得徒勞無功，高偉柏穩穩地抓下球，看著面前龐大的辜友榮，拿球往上一比，做出投籃假動作，但是辜友榮不為所動，高偉柏在狹小的禁區下球往右切，一個運球之後往左轉身，收球用左手上籃，想利用籃框當掩護閃避辜友榮的封蓋。

但是高偉柏為了防守辜友榮已經消耗太多體力，速度明顯下滑，雖然聰明地利用籃框當掩護，但是辜友榮把他的動作計算在內，腳步移動，舉起右手跳了起來，送給高偉柏一記大火鍋。

向陽學生爆出如雷的歡呼聲，不過他們高興的時間沒有太久，因為被辜友榮拍飛的球，直接落在包大偉手裡。

場邊的謝雅淑忍不住站了起來，「你們打這麼急幹什麼?不要被緊張控制你們的腦袋，在場上要思考!」

謝雅淑的話語宛如當頭棒喝，讓場上急於追分的隊友冷靜下來，李光耀望向計時器，看到時間還有兩分十五秒，分差只有三分，時間上絕對綽綽有餘，還不到需要著急的時候。

李明正這時也開了金口，故意大聲說道：「嘿！冷靜下來，還有時間。向陽團隊已經四次犯規，好好運用這一點！」

顏書洋咬牙，心裡暗罵李明正狡猾，他明白李明正這時故意提起加罰，除了提醒場上的光北球員之外，也是為了對向陽球員施加壓力，利用這種方式告訴他們：「向陽的小夥子們，你們現在團隊犯規已經四次了，如果再犯規，不管是不是出手時的犯規，都會把我們光北的球員送上罰球線！」

顏書洋正打算開口大聲下達指示，場上的李光耀就突然啟動引擎，李明正說的話提醒他，就算沒投進，只要製造向陽的犯規也可以上罰球線拿分，也代表張國良與溫上磊的包夾防守沒辦法像先前一樣緊迫逼人。

李光耀直接衝破兩人的防守跑向包大偉，包大偉正煩惱不知道該把球傳給誰，見到李光耀跑過來，馬上把球傳給他。

李光耀積極又明顯的意圖讓向陽備感壓力，李明正的話語對向陽的球員也確實造成影響，讓他們的防守變得綁手綁腳，李光耀的強行切入吸引向陽所有人的注意力，特別是當他收球起跳之後，辜友榮、陳信志更是撲了上去！

李光耀趁機將球傳給外圍空檔的楊真毅，楊真毅在右側四十五度角的位置接到球，是最適合擦板的地方，但是他在第四節的投籃命中率……是零。

楊真毅心裡不由得猶豫起來，李光耀此時朝他大吼，幫他把這種情緒全數趕走，「投啊！」

楊真毅發現李光耀眼中閃爍堅定的信心，不禁被那種眼神感染，拿球拔起來，跳投出手。

球劃過一道完美的拋物線，落在籃板右上角反彈而下，精準地落入籃框之間，激出一道清脆的唰聲。

楊真毅中距離擦板投進，在比賽剩下兩分零七秒的時候，雙方差距僅僅一分，比數七十二比七十三。

觀眾席上的光北學生不禁大聲歡呼：「光北、光北、光北、光北、光北！」音量之大，直接把顏書洋的大吼聲給淹沒。

顏書洋發覺場上的球員根本沒有聽到自己的聲音，雙手上下揮舞，吸引正運球過半場的溫上磊注意。

顏書洋見到溫上磊望向自己，馬上把雙手往下壓，大聲喊道：「穩！」指指籃下，又說：「給友榮！」搖搖頭，雙手在胸前交叉變成一個X，「別急。」

溫上磊點頭，了解顏書洋的意思，刻意慢下節奏，高舉右手比出戰術，其他四名隊友馬上動了起來。

本來溫上磊沒有想要馬上傳球，指揮隊友跑位只是為了打亂光北的防守陣式，但李光耀卻再次衝了上來緊迫盯人，施加壓力，溫上磊不想也不敢跟李光耀正面交鋒，立刻把球傳給張國良。

張國良剛剛也有看到顏書洋的手勢，知道教練希望球隊慢下節奏，接到球之後，便待在左邊側翼外兩步的地方站著不動，雙手把球放在身體右後方，用肩膀與身體保護球。

站在他面前的包大偉想抄球，又擔心張國良會趁機溜走，兩相權宜之下，包大偉決定跟張國良一樣壓低重心，只要張國良有任何動作就會馬上做出反應。

張國良瞄了計時器一眼，在進攻時間剩下十二秒的時候突然下球往右切。包大偉立刻往左後方退，隨即撞上一堵牆，整個人差點因為反作用力跌倒在地。

張國良利用陳信志的掩護擺脫包大偉之後，更是加速往禁區切，但是他很快遇到魏逸凡，目光一掃，立刻把球傳給左側三分邊線的翁和淳。

向陽轉移球的速度之快，讓禁區的高偉柏大喊：「過去！」

楊真毅知道不能放翁和淳投三分，馬上衝過去，不過翁和淳往上比了一個投籃假動作，騙起心急的楊真毅之後，運球往左切，要從底線突破到禁區。

這樣的結果，讓高偉柏不得不踏前對上翁和淳，心裡卻又放不下站在罰球線的辜友榮，擔心若自己太上前防守翁和淳，禁區變成空城，而翁和淳又趁機傳給辜友榮的話就完了。

在這種情況下，當翁和淳把球傳給從右邊空手切的陳信志時，高偉柏的反應顯得慢半拍。

糟糕！

高偉柏連忙回頭去守陳信志，但更糟糕的還在後面，陳信志才拿到球，就又把球往中間傳。

高偉柏心中一涼，而跟他想像的一樣，球到了辜友榮手上。

翁和淳、陳信志默契絕佳的傳球，讓高偉柏在禁區裡忙得團團轉，最後卻依然讓辜友榮這頭怪物，在最棒的時機點拿到球。

辜友榮運球往前跨一大步，來到籃框面前，好像一台坦克一樣要直接碾壓高偉柏，身體一沉，雙手拿起球。

見此，高偉柏立刻跳起來，想要阻止辜友榮出手。

殊不知，這竟然只是辜友榮的投籃假動作！

到了關鍵時刻，辜友榮變得更加謹慎，高偉柏畢竟是擁有甲級實力的球員，今天在防守端也有傑出的表現，辜友榮可不想因為自己的著急而錯失了得分機會。

人在空中的高偉柏，心中大叫慘了，見到辜友榮跳起來，身體在空中想要躲犯規，卻被辜友榮撞得正著，尖銳哨音響起的同時，辜友榮出手，球打板進籃。

「好球！」顏書洋右手奮力握拳，場上的辜友榮也正要發出興奮的吼聲。

然而，接著卻出現了讓向陽愕然的判決，底線裁判雙手握拳，在胸前來回轉動，「走步違例，進球不算，球權轉換！」

「什麼！？」辜友榮不敢置信，原本以為的進算加罰卻變成走步違例，讓他既不滿又失望，難以接受。

辜友榮憤怒地抗議道：「裁判，是犯規進算吧，我沒有走步！」

裁判搖頭，堅決地說：「你在跳起來之前，軸心腳移動了。」

辜友榮很不甘心，從後面追向裁判，想要繼續抗議。

這場比賽的意義對他跟向陽高中來說太重大，尤其比賽到這種時刻，進算加罰與走步違例之間的差距，很可能就是決定這場比賽勝負的關鍵。

看到辜友榮的舉動，顏書洋雖然也覺得萬分可惜，但是他知道現在絕對不能把脾氣發洩在裁判身上，「友榮，尊重裁判，回防，不要再爭辯了！」

聽見總教練的訓斥聲，讓辜友榮雖有不滿卻還是心不甘情不願地服從指令，跑回後場防守。

辜友榮心裡卡著一股鬱悶揮散不去，但他知道這樣的情緒對比賽有害無益，深吸一口氣，大吼：「啊啊啊！」

大吼完之後，辜友榮大口呼了幾口氣，心裡的氣憤頓時消失得無影無蹤，拍拍手，對隊友喊道：「大家加油，一起守一波！」

其他四名隊友馬上回應：「好！」

見到辜友榮用自己的方式冷靜下來，顏書洋不由得鬆了一口氣，瞄了計時器一眼，比賽只剩下一分五十六秒。

顏書洋腦海中浮現出最壞的場面，深吸一口氣，心想，如果光北隊這一波進攻又打進的話，我就要用掉這場比賽最後一次暫停了。

顏書洋捏緊拳頭，希望事情的走向別跟他想像的一樣。

場上，楊真毅正運球過半場，而張國良與溫上磊則是繼續亦步亦趨地貼著李光耀。

比數追到只剩一分差，光北反而不急了，這一波進攻的節奏明顯慢了下來，不過這並沒有讓向陽鬆懈，反而更是緊繃，原因無他，正是因為李光耀的存在。

李光耀的身高並不是太突出，但是他的存在感對向陽來說，就彷彿巨人般恐怖。

楊真毅雙腳跨過中線之後就停了下來，一時間球館安靜得嚇人，但是在安靜之中有著一股劍拔弩張的緊繃氣氛，瀰漫整座球館。板凳區的兩隊球員皆握緊了拳頭，眼睛注視著場內眨都不敢眨，而觀眾席上的人手心冒著冷汗，心跳加速。

計時器顯示的時間不斷減少，球場卻彷彿靜止下來，場上的球員除了運球的楊真毅之外動也不動，一直到進攻時間剩下最後十二秒的時候，李光耀啟動引擎，往禁區衝。

包大偉、魏逸凡、高偉柏已經準備好要為李光耀單擋掩護，幫他擋下張國良與溫上磊蒼蠅般煩人的防守。運球的楊真毅看著李光耀在人群之間不斷竄動，而張國良、溫上磊兩人似乎找到防守訣竅，這一次沒有被李光耀甩開。

就在向陽所有人把注意力放在李光耀身上的時候，楊真毅將球傳給魏逸凡。

見到魏逸凡在罰球線接到球，向陽高中卻因原本認定楊真毅一定會把進攻責任交給李光耀，防守陣式已經被李光耀的快速跑位攪得一團亂，而無法馬上做出反應。

魏逸凡抓準機會運球往禁區切，收球跨步上籃，雖然看到辜友榮從旁邊衝過來，卻阻止不了眼裡只有籃框的魏逸凡，他無懼地朝著辜友榮迎了上去，現在向陽只要再犯規就進入加罰狀態，魏逸凡信心膨脹，認為這一球辜友榮不是放他上籃，就是只能用犯規阻止他而已。

辜友榮深吸一口氣，眼神噴發出熊熊意志，你、太、小、看、我、了！

辜友榮彎曲膝蓋，高高跳起來，舉起右手，在魏逸凡放球的瞬間用力往下一揮，啪的一聲，送給魏逸凡一個大火鍋。

球往外飛了出去，翁和淳離球最近，一個箭步把球抓在手裡，張國良與溫上磊頭也不回地往前場衝。

翁和淳右手拿球往後拉，奮力把球丟向前場，但就在丟球瞬間，眼前突然有一道黑影撲來。

包大偉就像排球攔網員一樣高舉雙手跳起來，直接把翁和淳這一個傳球攔下，讓向陽的快攻胎死腹中，但是包大偉並未能夠把球抓下，球往下掉，竟然又落在翁和淳手裡，危機還沒有解除。

「跑！」翁和淳運球往前場衝，見到陳信志已經衝過中線，直接把球傳了過去。

結果，向陽高中還是沒辦法完成這一次快攻，在包大偉之後，李光耀像飛箭一樣竄出來，把這個傳球抄走，而且第一時間就傳給禁區附近的魏逸凡，腳步不停地往籃框衝，手向上一指，示意魏逸凡把球往上丟。

李光耀速度快得驚人，意圖非常明顯，就是要跟魏逸凡合力來一次技驚四座的空中接力灌籃！

李光耀一雙眼炯炯有神，他不只要利用這一次灌籃逆轉比數，更要一口氣擊碎向陽的士氣！

只不過，李光耀打的如意算盤，辜友榮卻不讓他稱心如意，見到李光耀的手勢，大膽地沒有去對上李光耀，而是去攔魏逸凡的傳球，而且還真的被他攔下來了！

辜友榮撥到球，讓球往上飛，落地後立刻跳起來把球抓下來，甚至直接運球往前場衝，雖然速度沒有特別快，卻散發出坦克般的氣勢。

光北沒有想到辜友榮在比賽尾端竟然還有這種體力，加上認為他一定會在中途把球傳給後衛隊友，一時間竟然沒有人擋在他面前，讓他一路毫無阻礙地衝到前場。

謝雅淑心裡大驚，在場外大喊：「快把他擋下來啊！不要讓他出手！」

不用謝雅淑提醒，場上五人也知道必須擋下辜友榮，高偉柏、楊真毅跑到籃下一左一右站好位置，李光耀、魏逸凡與包大偉則從辜友榮身後包抄，所有人目光都放在辜友榮身上。

面對光北五人全體防守，辜友榮卻完全沒有傳球給外圍隊友的意思，此時在他眼裡，只有籃框的存在！

辜友榮踏過罰球線的時候，收球往前跨了兩大步，左腳用力一踏，奮力跳起，雙手舉起球，大有直接轟炸籃框的企圖心。

光北當然不讓辜友榮如願，高偉柏與楊真毅垂直起跳，四隻手擋在辜友榮面前，而李光耀直接從後面飛撲而上，右手使勁一揮，打在辜友榮的右手上，不惜以犯規的代價來毀掉辜友榮這一次灌籃。

然而辜友榮的手像是鐵條一樣緊緊綑住球，被李光耀這麼一打之下雙手歪掉，但是手還是穩穩抓著球，氣勢不減。

砰！

辜友榮雙手把球用力塞進籃框之中，身體在空中與高偉柏和楊真毅碰撞，直接將兩人撞倒在地。

尖銳的哨音隨即傳來，裁判手指著李光耀，做出打手犯規的手勢，「光北二十四號，打手犯規，進球算，加罰一球！」

球館內頓時爆出嘩然聲，觀眾席上的向陽學生近乎瘋狂，全都興奮地跳了起來，大叫：「辜友榮、辜友榮、辜友榮、辜友榮、辜友榮！」

板凳上的隊友也坐不住，全部站起來用力揮動毛巾，「學長，太帥了！」、「學長，我們都已經準備好了，大家一起去甲級聯賽！」、「學長，你是最強的！」

辜友榮鬆開抓住籃框的雙手，落地之後挺起胸膛，大喊：「冠軍是我們的！」下個瞬間，溫上磊、張國良、翁和淳、陳信志衝到他面前，團團圍住他歡呼，但他們旋即發現，辜友榮呼吸極為粗重，顯露疲態。

這也難怪，辜友榮整場比賽鎮守籃下，是向陽最可靠的防線，進攻端又受到光北最緊迫盯人的嚴密防守，而且剛剛那一個快攻一條龍灌籃也花了很多體力，其實體內殘存的力氣真的已經不多。

然而，在辜友榮疲憊的臉上，卻有一雙堅定的眼眸。

辜友榮喘了幾口氣，緩和呼吸，對四名隊友說道：「我們大家，一起去甲級聯賽。」

圍繞在身旁的四人重重點頭，「好！」

第九章

「放心，一切交給我。」說完這句話之後，辜友榮站到罰球線。

這時候，光北學生發出了驚人的鼓譟聲：「投不進、投不進、投不進、投不進、投不進！」

辜友榮用手抹去臉上的汗水，心臟像是大鼓一樣在胸口發出沉悶的咚、咚、咚聲響，辜友榮深呼吸，讓心跳稍稍平緩下來。

裁判對辜友榮伸出食指，輕吹哨音，「罰一球！」

辜友榮雙手接過裁判的傳球，再次深呼吸，心跳又變得更和緩一點。

罰球，被許多人視為籃球場上最輕鬆的得分方式，因為面前沒有任何人防守，而且還有足夠的時間可以瞄準籃框。

然而事情並不如想像中的這麼簡單，尤其是在第四節尾端，比分咬得非常緊的時候，無形的壓力，大到足以壓垮球員的心志。

這一次罰球對於向陽來說非常重要，只要投進就可以把差距拉開到更安全的四分差，也因為如此，辜友榮肩膀上的責任非常沉重，加上他又是一個不擅長罰球的球員，粗重的氣息、狂跳的心臟、周圍無形的壓力，讓辜友榮拿球的雙手微微顫抖著。

夠了！不要亂想，專心在這一次罰球上，比賽已經接近倒數階段，只要把這一次罰球投進，光北就完了！

辜友榮在心裡對自己精神喊話，微微搖頭，甩去負面的想法與念頭，眼睛看著籃框，用他獨特的姿勢將球投出。

球劃過一道美妙的拋物線，直直朝著籃框落下，辜友榮在罰球線上從未有過那麼好的出手感覺，他認為這一球一定會進。

只不過，球卻落在籃框後緣，在辜友榮期待的目光注視下無情地彈了出來。

高偉柏深知這顆籃板球的重要性，搶在所有人之前卡到最好的位置，為光北高中拿下這個籃板球。

這時，比賽剩下一分二十九秒，比數七十二比七十五，差距三分。

李光耀趁著張國良與溫上磊還沒有過來包夾，跑到高偉柏身邊將球拿到手中，一個人飛快地把球推進到前場，逼得向陽全隊為了他一個人全速回防。

李光耀這麼做不是要自幹，而是要打亂向陽的防守節奏。他看得出來辜友榮非常疲憊，而且翁和淳跟陳信志上場時間也非常多，體力消耗非常劇烈，只要能夠多消耗他們一點體力，就能夠為光北帶來多一點優勢。

在決勝期，只要能夠為球隊帶來更靠近勝利的機會，就算叫他負責在場外幫隊友加油，他都會去做，這就是李光耀的求勝心。

張國良與溫上磊深怕李光耀真的會一個人強攻籃下，連忙衝上去要擋下李光耀，不過這時光北其他人也衝到前場，幫李光耀設下了一道又一道掩護。

李光耀運用純熟的運球技巧，在隊友的單擋掩護中試著找出一條可以通往禁區的路線，但是向陽針對他的防守之嚴密，讓他難以找到空隙，只能把球傳出去給沒人防守的包大偉。

包大偉接到球馬上看向李光耀，想要把球回傳給他，但是李光耀身邊卻跟著溫上磊與張國良，包大偉只能轉而把球傳給楊真毅。

楊真毅發現向陽所有人的注意力依然在李光耀身上，身體一沉，嘗試從弧頂往左切，但翁和淳卻跟上了楊真毅的進攻腳步。

楊真毅沒有硬切，收球停下腳步，目光一掃，利用一個極隱蔽的地板傳球，把球交給從左邊底角空手切的魏逸凡。

魏逸凡接到傳球，跨步往禁區切，辜友榮提前一步站到籃框底下，不讓魏逸凡有輕易上籃的機會，心想如果魏逸凡想要主動製造犯規，他就直接把魏逸凡這個上籃給毀掉，賭他罰球不會進！

然而魏逸凡也沒有出手，而是把球傳給站在外圍的高偉柏。

高偉柏在右邊邊線接到球，看向李光耀，而李光耀硬是從張國良與溫上磊的夾擊掙脫而出，雙手放在胸前準備接球。

陳信志見此，身體一側，選擇擋在傳球路徑上。

陳信志這個舉動確實讓高偉柏不敢傳球，但是也犯了一個致命的錯誤。

他讓高偉柏面前出現了大空檔。

高偉柏低頭一看，確定自己站在三分線後面，膝蓋蹲低，眼睛瞄向籃框，他已經很久沒有在三分線外出手過了，從沒想到再次出手三分球，竟然是在乙級冠軍賽，球賽進行到第四節末端，比數落後三分的情況下。

在新興高中的時候，總教練陳正義曾叫他除了禁區腳步之外，要多練習其他不同的進攻技巧，於是他有一段時間苦練外線跳投，但是後來他還是覺得，禁區那種單純力與力的對抗才是他最喜歡的戰場，外線投射什麼的就被他擱在一旁。

而在那一段時間，他練習外線投射最多的地方，就是他現在站立的右側三分邊線的位置。

高偉柏跳起，眼睛盯著籃框，雙手大開，用著不管是哪一個教練都會叫他修正的投籃動作，將球投了出去。

球在空中劃了一道彩虹般的拋物線，落在籃框後緣，筆直地高高彈起，楊真毅、魏逸凡、李光耀、包大偉、溫上磊、張國良、翁和淳、辛友榮全部衝進籃下，禁區頓時擠成一團，全盯著那顆很可能會彈出來的籃球。

球再次落在籃框上，但沒有彈出去，而是在籃框上左右跳動，每一次與籃框輕微碰撞都減弱了反彈的力道，球在籃框上的彈跳幅度越來越小，最後……

落入籃框之中。

邊線的裁判高舉雙手，對紀錄台比出三分球的手勢。

「啊！」高偉柏興奮地仰天大吼，右手對空中用力地揮了一拳，心情激動不已，觀眾席上的光北學生也全部都跳了起來，大喊著：「光北、光北、光北、光北、光北！」

在比賽剩下一分零九秒的這個時候，高偉柏的三分球幫助光北把比分追平，比數七十五比七十五，在比賽進行三十八分五十一秒之後，雙方回到原點。

顏書洋神情緊繃，快步走到紀錄台前，「暫停！」

紀錄台鳴笛，裁判吹出尖銳的哨音，「向陽請求暫停！」

★

看著走下場的球員，臉上顯而易見的疲憊感，顏書洋捏緊戰術板，告訴自己要保持冷靜，不要連自己這個總教練，也被光北的氣勢震懾了。

顏書洋用沉穩的語氣，對粗喘大氣的五名球員說道：「大家趕快坐下，把握時間回復體力，不要說話，注意聽我說就好。」

他蹲在球員面前，在戰術板上畫著戰術，「聽我說，穩下來打，不要急。剛剛大家在場上感受應該最明顯，每一次只要友榮拿到球，他都一定可以吸引光北的補防，至少會有兩到三個人去包夾友榮。

「所以說，我們等一下就繼續利用友榮的牽制力。上磊，你球帶過半場之後，把球傳給國良，然後跑到左邊底角埋伏。

「上磊一傳完球之後，友榮你直接到高位，國良，把球傳給友榮，傳完球就跑，空手切進禁區。

「友榮，如果光北沒有注意到國良的空手切，把球給他，然後記得跟進，如果光北注意到國良的空手切，你自己就運球打掉，遇到包夾就傳給埋伏在底角的上磊。

「大家聽懂嗎？」

看到五名球員都點頭後，顏書洋直接用手抹去戰術板上的筆跡，然後繼續交代戰術。

「防守端，注意李光耀，但是也不能因此放掉其他人。大家剛剛都得到教訓了，楊真毅、魏逸凡、高偉柏都是很有實力的球員，不要輕易放他們空檔。

「現在光北進攻打得很亂，基本上沒有戰術可言，他們一心只想要把球交給李光耀而已，所以他們在場上會不斷用單擋掩護幫李光耀。等一下不管是誰，只要遇到李光耀往你切過去，讓李光耀往右邊切，我們防守往邊線縮，把李光耀夾死在右邊底角，他到時候一定會傳球，你們抓準機會去抄球。

「還有……」話還沒有說完，紀錄台鳴笛，裁判吹出尖銳的哨音，示意兩邊球員上場。

顏書洋深吸一口氣，直視球員的雙眼，用堅定不移的口氣說：「這場比賽你們一定會贏，我知道，因為你們是我教出來的球員，我知道你們的實力比光北強。

「記住我剛剛說的戰術，然後上場把勝利拿下來吧！」

「是，教練！」五名球員感受到顏書洋口氣中的堅定，齊聲回應，站起身，昂首闊步地走上場。

此時辜友榮突然轉身，深深地看了顏書洋一眼，右手伸出大姆指，「教練，我一定會把向陽帶到甲級聯賽，這是男人的約定。」

顏書洋點頭，「男人的約定。」

顏書洋看著五名球員的背影，是那麼的高大，那麼的厚實，心裡湧現出強烈的念頭。

這場比賽，我們一定會贏！

暫停回來，向陽發底線球。

辜友榮從裁判手中接過球，把球傳給溫上磊。溫上磊把球帶過半場後，按照顏書洋暫停時所下的指示，把球傳給張國良，接著跑到左邊底角三分線埋伏。

張國良接到球，瞄了計時器一眼，進攻時間還有十八秒，時間綽綽有餘。

辜友榮從底線跑到弧頂要球，張國良立刻傳過去，接著壓低身體往禁區衝了過去，不過包大偉緊緊黏著張國良，沒有讓他跑出空檔。

張國良切到中途就往右邊邊線跑，不讓自己的存在影響辜友榮的單打。

辜友榮轉身面對籃框，高偉柏蹲低身體，後退一步，他不怕辜友榮投，只怕辜友榮會運用那個厚實的身材跟兩公尺的身高硬切。

高偉柏眼裡閃爍鬥志，來吧，放馬過來！

辜友榮身體一沉，下球往左切，高偉柏馬上往右後方退，要跟上辜友榮的切入，但翁和淳的掩護來得及時，替辜友榮擋下了高偉柏。

高偉柏心頭一驚，暗叫糟糕！

利用翁和淳的掩護甩開高偉柏後，辜友榮面前換成了楊真毅。

——光北禁區最矮最瘦弱的楊真毅。

辜友榮仗著身材上的巨大優勢，直接收球大轉身，擺脫楊真毅的防守，不過在面框時，魏逸凡從旁邊撲過來，要在最後一刻阻止辜友榮出手。

辜友榮的威脅力之強，從這一次強攻再次看得出來，一個人就吸引了光北禁區三人的防守，同時也代表了隊友有大空檔的機會。

辜友榮目光一掃，把球傳給右邊邊線，面前有大空檔的張國良。

張國良接到球，眼睛瞄準籃框，拿球就要跳投出手。

不能讓他投！

離張國良最近的包大偉心中一熱，連忙撲了上去，卻因此中了張國良的投籃假動作。

張國良下球往左切，閃過撲來的包大偉，一個運球之後停了下來，跳投出手。

館內每一個人都看著往籃框飛去的球，進或不進，這一球都可能對比賽產生莫大的影響。

顏書洋心中大叫，進！

謝雅淑、吳定華則是暗叫，不要進！

結果，張國良出手力道稍稍過大，球落在籃框邊緣彈了出來。高偉柏、魏逸凡卡位搶到好位置，兩人同時跳起，不約而同浮現一樣的念頭，搶下籃板球，傳給李光耀，他一定有辦法得分！

但是在他們身後，有一個身高兩公尺的巨人，並沒有想要讓他們如願以償的意思。

辜友榮體力下滑，被高偉柏與魏逸凡擠在身後，但他還是奮力跳起來，硬是在高偉柏與魏逸凡頭上，把球往上撥，落地之後再立刻跳起，又往上撥。

場外，李明正冷靜的臉龐上眉頭微微皺起，因為高偉柏、魏逸凡這時搶不下籃板球，合理的解釋就只有一個，體力下滑的不只辜友榮，高偉柏、魏逸凡也累了！

然後，李明正就看著球被辜友榮往後撥，落入陳信志手裡。

陳信志在罰球線接到球，立刻運球往籃框切，一個大跨步之後在辜友榮身前停下，利用他龐大的身軀當掩護，避免掉魏逸凡跟高偉柏的防守，收球跳起來，右手把球往籃框拋出去。

然而這一記看似手到擒來的拋投卻沒有進，因為剛剛被辜友榮擺脫的楊真毅及時衝了上來，在陳信志出手瞬間奮力跳起，右手努力往上一伸，竟然碰到球的屁股，改變了球的軌道。

楊真毅暗叫一聲僥倖，看著球落在籃框後緣後正對著自己彈了回來，球來得太快，楊真毅又還沒站穩，根本來不及反應，球就這麼碰到楊真毅的肩膀，往右邊邊線飛。

「我的！」包大偉奮力追球，球最後碰到楊真毅的身體，如果出界是向陽球權，而且是發邊線球，有整整二十四秒的進攻時間讓向陽發揮。

包大偉現在腦海中只有一個想法，絕不能讓這種事情發生，他一定要把球救回來！

包大偉拔腿狂奔，見到球落地之後彈往界外，心一橫，左腳一踏，整個身體像是青蛙一樣往前撲，在球落地之前雙手拿到球，但是整個人已經快趴倒在地上的他，沒辦法像先前高偉柏那樣把球往前場甩，只能勉強往後丟，希望接到球的是自己的隊友。

然而包大偉丟的方向非常不好，竟然直接落在辜友榮的頭上。

辜友榮興奮地大吼一聲，跳起來將球抓下來，腦中已經想好落地之後就馬上硬扛高偉柏，直接頂進禁區，把這球打進。

但是事情的走向卻跟辜友榮想像的不太一樣。

在辜友榮落地的同時，李光耀從他的視線死角靠近，右手順勢由下往上拍，把球從辜友榮手中拍走。

球高高飛起，高偉柏反應最快，跳起來將球抓下來，楊真毅立刻就往前場衝，「球！」

高偉柏左腳一踏，利用胸前傳球，把球精準地往楊真毅送過去。

但是高偉柏真的累了，這一次傳球力道不夠，楊真毅必須停在中線等球飛過來，而這給了向陽機會，溫上磊助跑之後跳起來，硬生生地在楊真毅面前把球截下來，落地之後對著隊友大喊：

「不要急，我們穩一波！」

話一說完，溫上磊瞄了計時器一眼，離比賽結束還剩下四十秒，進攻時間則是重新計算，有整整二十四秒。

溫上磊雙手緊緊抱著球，見到楊真毅退到禁區內防守，鬆了一口氣，比賽到了最後，他的體力也已經燃燒到了盡頭，綠豆大小的汗珠不斷從額頭上流下，心臟怦怦亂跳。

顏書洋知道這波進攻太重要，連忙在場邊大喊：「別急，想一下我剛剛說的戰術，穩……」

溫上磊沒有辦法把顏書洋接下來說的話聽完，因為他看到李光耀又衝過來了！

溫上磊心裡暗罵一聲，他是怪物嗎，現在還有這種體力！

「這裡！」張國良跑到左邊側翼接應，溫上磊立刻把球傳了過去，然後跑到左邊底角埋伏，辜友榮則再次上中要球。

乍看之下，向陽這一波進攻又要用同一套戰術。

高偉柏心想，接下來你拿到球就會往左切，隊友會過來幫你掩護，讓你可以單打楊真毅是吧，哼，同一招對我可不管用！

就在高偉柏利用站前防守，想要藉此阻止辜友榮接球的時候，辜友榮突然轉身往禁區空手切，擺脫高偉柏的防守。

張國良抓緊機會，立刻把球高吊過去，高偉柏暗叫一聲不妙，卻只能眼睜睜看著辜友榮接球往禁區切。

所幸魏逸凡站位離禁區不遠，又密切注意著辜友榮的動向，在辜友榮轉身的一瞬間就站到籃下，楊真毅也拋下翁和淳往辜友榮衝，甚至連李光耀都要退到禁區。

在比賽最關鍵的時刻，光北場上的每一個人都想著同一件事——不能讓辜友榮出手！

辜友榮確實沒有出手，只不過他接下來的舉動，卻讓光北球員心裡一涼，他傳給左邊底角的溫上磊，而為了擋下辜友榮的禁區攻勢，光北的防守圈整個縮小。

溫上磊接到球，面前就是一個大空檔的投籃機會！

場邊的吳定華臉色大變，左邊底角，正是向陽高中三分球最準的地方之一！

「對上去！」吳定華焦急大喊。

不用吳定華提醒，李光耀便拔腿狂奔朝溫上磊衝過去，畢竟他沒有忘記幾分鐘之前，溫上磊才在同一個地方投進三分球而已！

只不過辜友榮傳球時機點掌握得恰到好處，溫上磊有足夠的時間可以好好瞄籃，按照平常練習的節奏，穩穩地跳投出手。

可惡！

李光耀知道自己絕對來不及蓋溫上磊火鍋，可是他不肯放棄，抱著即使來不及擋下溫上磊的出手，但或許可以稍微影響他的念頭，奮力跳起來，用力往下一揮，想要嚇溫上磊。

溫上磊卻完全不受影響，看著球往籃框飛，落地的時候依然保持著出手姿勢，臉上露出自信的表情，手指殘餘的感覺告訴他，**這一球，會進！**

球完完全全按照溫上磊所希望的方向跟角度往籃框飛，就連整場比賽始終保持冷靜的李明正，都已經準備要去喊全場最後一個暫停，不過溫上磊這個完美的劇本卻沒辦法劃下最精彩的句點。

有的時候，手指的感覺會騙人，尤其是在體力急劇消耗的時候。

球，落在籃框後緣彈了出來。

溫上磊雙眼瞪大，露出不敢置信的表情，怎麼可能！？

籃底下再次擠成一團，高偉柏使勁把辜友榮卡在自己後面，魏逸凡也把陳信志擋著，不過這一顆籃板球往外彈的角度，卻比他們任何人想像的都還要低，而且速度非常快，就像是朝自己臉上射來的子彈。

高偉柏卡位很紮實，卻來不及反應，雙手才準備要接球，球就從他的右手指尖溜走，球的軌道也因此改變，本來往弧頂飛的球在高偉柏手裡拐了彎，朝左邊飛去。

包大偉與張國良離球最近，同時追了上去，兩人同時判斷出球會在接近中線的地方出界，憑自己的速度絕對可以在這之前追到球，唯一的問題是怎麼比對方更快搶到球！

包大偉與張國良眼角餘光盯著對方，心中大喊，絕對不讓你搶到這顆球！

包大偉與張國良朝球衝過去，誰也不讓誰，就速度上張國良比包大偉快一點，經驗也更豐富，在這一場追逐戰之中占上風的應該是他，但是張國良卻突然在即將追到球的時候停了下來。

包大偉心中一喜，沒有多想，把握住機會，一個箭步衝上前把球抓了下來，也就是在這一刻，他突然理解為什麼張國良會停下來。

包大偉發現自己根本沒辦法煞車，雖然追到球，但是眼前就是邊線，只要再踏出一步就會出界。

在這種瞬間做出的判斷，可能會左右球賽勝負的情況下，包大偉反而主動往外跳，在空中用力扭腰，看著張國良，右手用力地把球往他腳邊砸了過去。

然而，包大偉反應雖快，卻在張國良的預料之內。

太好猜了！

張國良身體一側，躲過包大偉砸來的球後，馬上衝去追球。

張國良的判斷力非常精確，可是場上有這種判斷力的人，不只他一個人。

就如同張國良將包大偉的動作全部計算在內，在後面觀察兩人追球過程的楊真毅，也看穿了張國良的意圖。

楊真毅從人群中衝出來，張國良感到不妙，牙一咬，拚了命地追球，兩人一左一右地衝向球，誰都不讓誰，為了早一步追到球，兩人皆伸長了手，但是太過心急的結果，就是手太早伸出去，指尖同時撥到球，讓球從他們手中飛走，直接落到界外。

邊線的裁判此時吹響哨音，指著張國良，「向陽碰出界，光北球權！」

張國良不敢置信地望向裁判，喊冤道：「裁判，是他碰出界外的。」

裁判非常確信地搖頭，「我就站在旁邊，我確定是你最後碰出界的。」裁判指著光北進攻的籃框，「光北球！」

觀眾席上，頓時傳來一陣興奮的歡呼聲，光北學生知道，這個判決對球隊來說，有多麼重要。

劉晏媜趁機站起來，帶領大家高喊：「光北加油、光北加油、光北加油、光北加油！」

反觀場邊的顏書洋，臉色極為不好看，跟張國良一樣抗議這次的判決，但是裁判當然沒有改變判決，這讓顏書洋既是憤怒又是擔憂，這一次球權判給光北，對向陽來說實在太傷了。

顏書洋咬牙，望向計時器，發現在一團混亂之中，距離比賽結束只剩下十七點八秒，在這種情況下，他不禁擔心球員受到判決影響而軍心大亂。

此時顏書洋發現李明正跨步走向紀錄台，頓時鬆了一口氣，立刻撿起戰術板，腦袋飛速運轉，思考這一波防守戰術。場上向陽球員也彷彿得救般，紛紛準備走下場，但就在這個時候，高偉柏從裁判手中接過球，從剛剛球出界的地方，發球進場。

至於高偉柏傳球的對象，自然是那個身穿二十四號的王牌球員，李光耀。

李光耀一接到球就往前場衝，顏書洋發現不對，連忙對著場上的球員大喊：「沒有暫停！李光耀攻過來了，快去防守他！」

向陽球員猛然發現李明正竟然沒有喊出暫停，而李光耀來得太快，一時間向陽防守陣形大亂，在措手不及的情況下根本無法多想，五名球員全部朝著李光耀撲了上去。

顏書洋握緊拳頭，緊咬牙根，臉色脹紅，眼中噴發出夾雜憤怒與驚訝的光芒，望向站在紀錄台前方，表情極為冷靜的李明正。

李教練，好大膽的作風啊！第一年創隊而已，你就這麼相信場上球員的能耐嗎！？

顏書洋回過頭來看著場上的情勢發展，光北的學生賣力大喊，而向陽學生則是彷彿突然醒過來一樣，在恐懼的推動之下，爆出了這場比賽最大的防守聲浪。

兩邊都知道這一波進攻有很高的機率會決定比賽的勝利，學生們毫無保留地大喊。

場上，吸引到向陽五人防守的李光耀，沒有失去冷靜胡亂出手，跳起來把球往外傳給從弧頂拖車跟進的高偉柏。

翁和淳與陳信志同時迎了上去，辜友榮則坐鎮禁區，張開雙手。

高偉柏沒有硬上，甚至沒有下球，把球快速地轉移到左邊邊線的楊真毅。

向陽防守一團混亂，現在就好像小孩玩球一樣，盲目地追著球跑。

楊真毅看到張國良衝過來，拿球往上比了一個投籃假動作之後，壓低重心下球往右切，令他驚訝的是，張國良竟然沒有被他晃開，甚至跟上這次切入。

楊真毅並沒有立刻放棄這波強攻，雙腳猛然煞車，眼睛瞄籃，雙手拿起球就要急停跳投。

但是楊真毅並沒有真的跳起來，這一下只是把張國良騙起來的投籃假動作，想要賺取上罰球線拿分的機會。

在比賽最後幾秒鐘，就算只投進一顆罰球拿下一分，優勢都是巨大的。

然而，再次讓楊真毅訝異的是，張國良完全沒有被他騙起，甚至趁他停下來的時候貼上來，雙手舉高站在他面前。

「球！」見到楊真毅被守住，站在右邊側翼的魏逸凡馬上舉起手。

楊真毅立刻將球傳過去，魏逸凡接到球就直接運球往右切，試著走底線切進禁區。

溫上磊連忙撲向魏逸凡，雖然慢了一步，不過禁區的辜友榮馬上站到魏逸凡的切入路徑上，令魏逸凡不禁停下腳步，而溫上磊就趁這個時候從後面追上魏逸凡。

時間不斷在走，魏逸凡知道哪怕只是短短半秒鐘也不能浪費，觀察發現自己沒有好的出手機會，目光往外一掃，跳起來就把球傳給弧頂三分線外的包大偉。

「大偉，球！」包大偉接到球之後，楊真毅馬上跑向他，要把球拿回來。

翁和淳連忙追了上去。但出乎所有人意料之外，包大偉並沒有把球交給楊真毅，而是趁著向陽在高偉柏、楊真毅、魏逸凡輪番進攻，防守還是處於雜亂狀態的情況下，把球傳給一道從底線界外跑上來的人影。

場外的顏書洋心裡一緊，一股難以言喻的恐懼感讓他對著場內的球員大喊：「小心李光耀，不要管其他人，快去包夾他！」

顏書洋心中大喊，誰都可以，但絕對不能是由李光耀執行最後一擊！

聽到顏書洋的大喊聲，向陽球員如夢初醒，見到李光耀像是鬼影一樣從他們後面衝出來，跑到包大偉身邊接到球，這才反應過來，張國良與溫上磊同時衝上去夾擊。

這瞬間，離比賽結束還有八點三秒。

李光耀接到球，低頭看了一眼，確定自己雙腳站在弧頂三分線外，抬起頭望向籃框，連看都沒看衝來的張國良與溫上磊一眼，身體微微一沉，拿起球準備出手三分球。

張國良與溫上磊連忙飛撲上去，但是讓他們後背一涼的是，這竟然是李光耀的投籃假動作！

李光耀運球往右切，閃過了飛來的兩人，一個大跨步後在罰球線停了下來，收球拔起來。

翁和淳從旁撲了上來，正如顏書洋所指示般，不要管其他人，全力封死李光耀！

翁和淳右手伸高，算準李光耀出手時機的他，認為自己將送給李光耀一個永生難忘的火鍋。

然而翁和淳很快發現，李光耀眼裡沒有一絲慌亂，依然非常清明。

難道他早就看到我了？

翁和淳馬上就知道這個問題的答案，在空中的李光耀，雙手用力往下壓，把球如砲彈般傳給無人防守的楊真毅。

楊真毅在右側四十五度角的地方接到球，離比賽結束還剩下六點四秒。

「哇啊啊啊啊！」見到楊真毅大空檔，陳信志立刻衝了過去，雙手胡亂揮舞，發出一連串的怪聲。

楊真毅沒有被嚇到，冷靜地做出投籃假動作把陳信志騙起，運球往左邊移一步，閃過撲來的陳信志，這才收球準備出手。

「哇啊啊啊啊！」怪聲再次出現，楊真毅眼角餘光發現是張國良衝過來，知道時間所剩不多，必須趕快做出決定，不是出手，就是傳球！

然後，一道人影吸引他的注意，讓他立刻把球傳出去。

從左側三分線空手切的魏逸凡接到球，直接跨步往禁區衝，這個瞬間，離比賽結束剩下四點九秒。

辜友榮眼睛緊緊盯著魏逸凡，這一次魏逸凡沒有退卻，奮力起跳，竟想挑戰辜友榮的防守！

面對魏逸凡充滿氣勢的上籃，辜友榮沒有退縮，事實上到了這種階段，他也不能退縮！

辜友榮心中告訴自己絕不能犯規，雙手舉高，直上直下地跳起來，擋在魏逸凡面前。

當然了，魏逸凡沒有出手，在空中把球傳給右邊底角，無人防守的高偉柏。

高偉柏拿到球的瞬間，比賽剩下三點五秒，發現溫上磊衝過來，甚至連假動作都沒有做，沒有搶著當這場比賽的英雄，把球傳給球隊裡的領袖，最值得信賴的李光耀手上。

李光耀雙腳踩在弧頂三分線上，雙手穩穩地接到球。

顏書洋雙眼瞪大，焦急地大叫：「不要讓他出手！」

向陽五名球員全部往李光耀衝了過去，李光耀運球往後跨了一大步，雙腳踏出弧頂三分線外，膝蓋蹲低，眼睛瞄向籃框，左手準備收球，這個動作騙起第一個撲過來的翁和淳。

李光耀往右切閃過翁和淳，見到張國良、溫上磊、陳信志接連衝過來，往前一個大跨步之後，左腳用力一踏，讓身體往右跳，拉開與他們三人的距離，雙腳奮力跳起來，身體往後仰。

張國良、溫上磊、陳信志同時跳起，但是在李光耀利用後徹步拉開距離，身體又往後仰的情況下，他們三人連李光耀的衣角都摸不到。

李光耀眼睛緊緊盯著籃框，身體在空中撐一下，在感受到地心引力開始把他往下拉，比賽剩下最後一點一秒的瞬間，右手輕柔地把球投了出去。

球場內靜的彷彿連一根針掉落都可以聽得一清二楚，此時此刻每一個人都屏著呼吸，瞪大雙眼看著李光耀投出的這一球。

在緊繃的氣氛下，時間的流速好像變慢了，這一球在空中緩慢地飛著，每一個人的眼球都隨著球拋物線的軌跡而移動著。

然後，球場上最振奮人心，卻也是最無情的聲音出現。

唰！

叭！

球進的同時比賽時間歸零，代表比賽結束的聲音響起，邊線的裁判吹響哨音，伸出食指與中指，用力往下一揮，「進球算！」

「哇！」海嘯般的嘩然聲響起，觀眾席上的光北學生全部跳了起來，興高采烈地與身邊的人擁抱歡呼，眼角甚至溢出了激動的淚水。

打贏了，光北高中真的打贏長期稱霸乙級聯賽的王者了！光北擊敗向陽高中了！

光北高中，真的打進甲級聯賽了！

坐在板凳區的光北球員全部衝了出去，看著高舉雙手，臉上流露出自信與驕傲的李光耀，這一刻，在他們眼裡，李光耀一點也不臭屁，而是可愛到了極點！

麥克直接抱著李光耀，興奮地大喊：「李光耀，你太厲害了，我在場外看都緊張得要命，結果你竟然投進了，你真的好厲害！」

謝雅淑衝過來，興奮又用力地與李光耀擊掌，「你真的投進了，太棒了，我們贏了，我們是冠軍！」

高偉柏在麥克後面熊抱李光耀，仰天大喊：「啊啊啊！甲級聯賽，我們來了！」

魏逸凡也衝了過來，從旁邊抱住高偉柏與麥克，「我們是冠軍，我們是最強的！」

楊真毅從另一邊加入把李光耀圍住的行列，大吼著：「我們贏了，我們真的贏了！」

包大偉跟詹傑成同時跑了過來，跳起來撲到高偉柏與麥克身上，「我們贏了，我們是冠軍，甲級聯賽，我們光北高中來了！」、「天啊，李光耀你剛剛那一球太帥了，我們贏了，我們擊敗向陽高中，我們是冠軍！」

在籃球隊之中，個性最冷的王忠軍站在外圍，不知道該怎麼加入大家又叫又跳的行列之中，這個時候，李光耀微微推開圍繞在身邊的隊友，走到王忠軍面前，舉起右手，「開心嗎，我剛剛那一球進了，代表你明年可以在台灣高中籃球界最高的舞臺投三分球。」

王忠軍渾身顫抖著，顯示出他內心澎湃又激動的情緒，但是不擅長用言語表達的他，此時卻沒辦法像其他隊友一樣高聲大喊，只能對李光耀重重地點頭。

李光耀看著渾身顫抖的王忠軍，「為了感謝我，以後我去你家吃麵可以不要算我錢嗎？」

王忠軍再次重重地點了頭。

李光耀滿意地說道：「很好，現在你應該跟我這個剛剛投進致勝球的地表最強隊友擊掌。」

王忠軍用力拍了李光耀的手，力道之大讓李光耀痛得唉唉大叫，甩著手，「你也拍太大力了吧！？」

李光耀與王忠軍之間的互動頓時引來一陣哈哈大笑，李光耀看著王忠軍顫抖的身體，右手攬著王忠軍的肩膀，將王忠軍拉到眾人的行列之中。

第十章

觀眾席上，高聖哲用力揮舞手上的大旗，雖然已經是頭上冒出白髮的中年男子，卻也因為激動而冒出淚光。

此時此刻，他相信了，他相信高偉柏轉學到光北的決定是對的。

在外人眼裡，本來就在甲級聯賽強權的新興高中打球的高偉柏，要轉隊當然也要轉到甲級聯賽的球隊，但是高偉柏最後卻選擇光北高中，這根本是一個無比愚蠢的決定。

事實上，就連身為光北高中前隊員，跟李明正一起創下擊敗啟南高中奇蹟的高聖哲自己，一開始也對高偉柏這個決定感到擔憂無比，因為他可以預見選擇光北，高偉柏將遇到無數的挫折與困難。

可是不論是高偉柏或是光北高中，都沒有讓他失望！

高聖哲拚命揮著旗子，眼角泛淚，對場下大喊道：「兒子，你是最棒的！」

旁邊，葉育誠看到紀錄台上的計分板顯示著七十七比七十五，心情激動地難以言喻，強烈的情緒哽在喉頭，鼻頭一酸，眼前一片模糊。

為了創立籃球隊，除了處理繁忙的校務之外，還要扛下家長的質疑，但是他沒有讓籃球隊的任何人看到這個層面的壓力，就連李明正、吳定華都沒有，因為他希望籃球隊上上下下能夠專心在「籃球」上，不管遇到什麼困難，他都絕對不會中途解散籃球隊，因為他深信當初改變他這個街頭混混的籃球，一定可以帶給大家始料未及的衝擊。

這一路走來遇到的困難，不是三言兩語就可以形容，可是現在品嚐到的果實，甜美的讓他覺得過去幾個月吃的苦，太值得了。

葉育誠站起來，高舉雙手，眼中的淚水滑落臉龐，奮力大喊：「你們是最棒的，你們是最棒的！」

身為家長會長的楊翔鷹，同樣因為激動站起來，看著底下跟隊友抱成一團的楊真毅，當初他因為父親肺炎而錯失加入籃球隊的良機，因此當年那一場奇蹟般的比賽，他只能作為一個觀眾看著李明正帶領光北高中上演逆轉秀。

當時他複雜的情緒，到現在仍無法理清，過了這麼多年，現在的他依然坐在觀眾席上，可是情況不同了，因為他的兒子正站在場上跟隊友一起歡呼著，當時的遺憾在這一瞬間如冰遇火般融化。

楊真毅代替他達成了當初他無法完成的事情，這就夠了。

楊翔鷹拋下董事長與家長會長的雙重身分，體內的籃球魂熊熊燃燒，這一刻他是個籃球人，更是楊真毅的父親。

楊翔鷹發自肺腑地大喊：「兒子，幹得好！」

坐在楊翔鷹身旁的沈佩宜一樣激動地站起來，自從她深愛的男人因為籃球闖入她的世界，卻又毫無預警地離去之後，她就下定決心要把籃球徹徹底底地從生命踢除，但是當她進到光北教書，籃球卻不斷靠近她，先是校長決定創辦籃球隊，接著班上那個讓她頭痛至極的李光耀嘴上又不斷掛著籃球這個夢想，她百般勸導都無法動搖其決心，甚至還影響了害羞的麥克跟內向的王忠軍，到後來，全校最反對籃球隊的她，班上卻擁有最多的籃球隊員。

對了，還有坐在她旁邊的楊信哲，竟然接了籃球隊的助理教練，下課時間還常常利用網路看籃球的短片，讓她就連下課都必須面對籃球的騷擾。

到了後來，她真的不知道該怎麼逃離籃球，一直到看了這場比賽，她才知道並不是她沒辦法逃離籃球，而是在她內心深處的一塊角落，隱藏著一個真心喜歡籃球的純真小女孩，讓她處於討厭又喜歡的兩極情緒之中，因此迷惘且困惑。

但是，現在的她已經不再迷惘，看了這場比賽，光北球員在場上拚鬥的精神、絕不放棄的決心，還有總嚷著要成為世界最強籃球員的李光耀的最後一擊，驅散了她心中的黑暗。

沈佩宜眼前一片模糊，身旁充滿歡呼聲，不過正當她也想要開口呼喊時，突然覺得有一隻手輕輕地放在她的肩膀上。

沈佩宜回頭一看，發現後面根本沒有人，正當她感到疑惑的時候，耳旁傳來一道溫柔的低沉男聲，「我的小佩宜，我永遠愛妳，妳要加油。」

這個瞬間，沈佩宜心裡頓時湧現出強烈的情緒，讓她眼眶裡的淚水潰堤，但是同時浮現出幸福又快樂的笑容。

沈佩宜知道自己現在大哭的模樣一定會嚇到人，為了掩飾自己的模樣，還有表達心裡的喜悅，她使盡全力對著球場大喊：「你們是最棒的，李光耀，我再也不會阻止你打籃球了！去追吧，追你的夢，老師相信你一定會成功的！」

院長看到麥克從板凳區衝了出去，直接抱住剛投進致勝一擊的李光耀，跟著隊友在場上又叫又跳的景象，心裡充滿了溫暖的感動，這一刻，院長充滿歲月風霜的臉上露出了欣慰放心的笑容。

放手讓麥克接觸籃球，是他人生除了領養麥克之外，做的最正確的決定。

在場除了他之外，沒有人知道麥克在接觸籃球之後的轉變。

麥克的膚色、捲曲的頭髮、高瘦的身材，還有像是猿猴般的臂長，都讓麥克的成長過程飽受歧視與嘲笑。長期處於黑暗之中，讓麥克的內心就像是玻璃一樣脆弱，輕輕碰一下都可能出現裂痕。

以前的麥克，若是沒有他陪在身旁，會獨自一個人躲起來，不讓大家找到他。坐在教室裡上課的時候，會故意把自己的身體縮得小小的，低著頭不講話。

那時候的麥克，不知道該怎麼融入周遭的環境，環境也一直推開他，在接觸籃球之前的麥克，人生過得很痛苦。

院長盡心盡力，可是他知道總有一天麥克終要離開他的羽翼，一個人到這個現實的社會闖蕩，為此，他深深感到擔心，擔心麥克會格格不入，沒辦法在社會找到自己的定位，而他不可能一輩子照顧麥克。

幸好，真的幸好，麥克遇到籃球。

院長站起來，大喊著：「麥克，你是最棒的！」

謝昱婕聽著光北的歡呼聲，看著底下被眾人簇擁的李光耀，嘴角勾起一抹微笑，好吧，我承認你真的是一個與眾不同的男孩。

謝昱婕轉頭望向人群中的謝娜，看著謝娜跟大家一樣開心的歡呼，心裡出現一絲感嘆，這孩子不知不覺間長這麼大了，也到了談戀愛的年紀了。

謝昱婕將目光重新放回李光耀身上，不過如果對象是你的話，我這個當母親的還可以接受，但是如果你敢欺負娜娜的話，你就死定了！

這個時候，原本在觀眾席上慶祝的學生突然安靜下來，低沉的咚、咚、咚大鼓聲傳來，吸引了場下球員的注意力。

光北隊員疑惑地往上一看，只見劉晏媜站在最前排，用著已經嘶啞的聲音大喊道：「球員們，你們辛苦了，今天這一場比賽你們是最棒的，在落後的時候沒有人放棄，每一個人都為了勝利而團結合作，我們都看到了！

「不管是你們平常練球的努力，或者在這場比賽表現出來的決心，都讓我們非常感動，真的超級感動，謝謝你們帶給我們這一場精彩的比賽。一直到現在我還不敢相信光北真的成為乙級聯賽的冠軍，成為台灣高中甲級聯賽的一員，我現在代表所有學生對你們說，你們真的辛苦了，我們不會打籃球，但是我們都看得出來，你們為了今天所付出的努力是大家無法想像的。在我們躺在被窩裡睡覺的時候，你們已經起床準備練球，在我們回家吃飯看電視的時候，你們又要辛苦的繼續練球，在我們眼裡，你們是全世界最棒的球隊，現在，我們啦啦隊有一段話要送給你們！」

劉晏媜轉過頭，對著啦啦隊比出手勢。在這場比賽中，已經吼到聲嘶力竭的啦啦隊成員，用力吸飽了氣，用僅存的聲音大喊：「光北齊心，其力斷金，過關斬將，勇奪冠軍！」

聽著劉晏媜的感謝話語，還有啦啦隊大聲喊出的慶賀詞，李光耀帶領著所有的隊員向觀眾席上的光北學生鞠躬敬禮，李光耀回道：「也謝謝你們今天這麼賣力地幫我們加油，在我們落後的時候，是你們的加油聲陪伴我們，沒有你們，我們今天沒辦法贏，謝謝你們，未來也請你們繼續在觀眾席上為我們加油！」

籃球隊鞠躬整整五秒鐘的時間，然後挺直腰桿，抬頭挺胸地接受眾人的歡呼聲，而王忠軍在抬頭之後看到楊翔鷹也在觀眾席上，再次用力地鞠躬。

他家的經濟狀況太差，家計只靠一個小小麵攤支撐，光是付四個小孩的學費就很辛苦，加上一些固定的生活支出，麵攤賺的錢只能勉強打平家裡的開銷，身為大哥的他為了分擔媽媽的重擔，放學之後就直接回家幫忙顧麵攤，讓媽媽可以接一些家庭手工，賺取微薄的薪水。

在小學之後，他就從未穿過新的衣服，所有的衣服全部都是親戚小孩的舊衣服縫補而成的，就連他珍藏在房間書櫃裡的《灌籃高手》，都是表哥買一套新的之後，將已經翻到又破又爛，有些書封還不見的舊書送給他。

在條件不好的家庭長大，他從未怨恨過任何人，可是他真的好喜歡好喜歡籃球，在他內心裡燃燒的籃球魂，儘管在這種環境下卻從未熄滅過，但是他自己很明白除非有奇蹟出現，否則他這一輩子都休想追求籃球這個夢想，甚至就連加入學校的籃球隊都是一個可望不可及的奢望。

一次也好，他好想在球場上跟別人競爭，用他最拿手的三分球擊敗敵人。但他明白現實是殘酷的，籃球這個夢想，對他這種身處社會底層的人而言，是遙不可及的。

然而，老天爺似乎聽到他內心的吶喊，真的降下一個奇蹟，名為楊翔鷹的奇蹟。

沒有楊翔鷹，他們家的經濟不會好轉；沒有楊翔鷹，他的弟弟妹妹們可能還在穿破破爛爛的衣服；沒有楊翔鷹，他的媽媽現在都還要為隔天的三餐煩惱；沒有楊翔鷹，他就沒辦法參加光北籃球隊。

沒有楊翔鷹，他現在就不會站在這裡。

王忠軍真的是一個很不擅於言語的人，所以他用最直接的方式對楊翔鷹表示出由衷的感謝。

此時此刻，球館內充滿著光北的歡呼聲。

籃球場是個現實又殘酷的舞臺，永遠只有二分法，勝、負，當中絕對不存在任何一點中間值。

籃球場猶如戰場，勝者為王，敗者為寇。勝者光北，正享受著勝利的喜悅，而敗者向陽，則陷入前所未有的巨大失落。

自從創隊以來，向陽就一直把甲級聯賽視為終極目標而努力著，今天的王者向陽，在剛起步的時候也曾遇到許多瓶頸與挫折，一開始在乙級聯賽的成績並不是太亮眼，直到球隊出現一名實力超群的球員，劉裕翔，才讓事情有了轉變。

在劉裕翔的帶領之下，向陽在乙級聯賽完成二連霸，這樣的戰績吸引到許多具有潛力的球員，向陽從此一飛衝天，長期主宰乙級聯賽，籃球隊因此獲得全校師生的認可與支持，學校也投注更多資源在籃球隊上。

獲得學校各方面的支持之後，向陽沒有鬆懈下來，反而比以往更努力練球，將學校的資源應用到極限，提升了軟硬體的設備，給球員優渥的獎學金，球隊上下一心，如同餓極的凶猛老虎，迫不及待想要撕裂獵物。

而就在今年，他們等待已久的機會降臨，球隊每個人都充滿了期待與興奮，外界與學校本身都認定向陽絕對會拿下冠軍，前往甲級聯賽的球隊除了他們之外不作他選。

乙級聯賽開打，向陽也拿出志在必得的決心與強大的實力，一路上沒有遇到任何阻礙，輕輕鬆鬆就打進冠軍賽，離甲級聯賽就只差那麼一步。

然而，誰也沒有想到，這一步，竟然是這麼的遙遠。

光北高中，今年才創立籃球隊的學校，李光耀，一個聽都沒有聽過的球員，就這樣在比賽最後的一點一秒，粉碎他們奪冠前往甲級聯賽的夢想。

學校投入的資源，師生的支持，教練的期望，球員的努力，十幾年來為了這次機會所付諸的一切心血，就在喇聲響起的同時，全部化為烏有。

這個瞬間，觀眾席上的向陽學生，場上、板凳區的球員，場邊的教練，所有站在向陽一方的人們，世界頓時變成黑白。

場上的向陽球員低著頭走下場，一屁股坐在椅子上，每個人都說不出話來，球隊陷入一種灰色氛圍之中。

身為球隊領袖的辜友榮，拿著毛巾蓋著自己的頭，汗水不斷滴落在木質地板上，肩膀顫抖著。

「嗚……嗚……嗚……」溫上磊首先止不住心裡激湧而出的情緒，聽到劉晏媜帶領啦啦隊在觀眾席慶賀著光北的勝利，強忍住的淚水終究還是落了下來。

為了今天所做的努力，就在最後一秒鐘，碎了，這種結局，就算是最頂天立地的男兒，都絕對沒辦法承受。

在溫上磊之後，陳信志、翁和淳、林盈睿、石祐誠、張國良、羅士閔，還有其他的替補球員，紛紛落下了男兒淚。

淚水潰堤，許多球員哭紅了眼，眼淚鼻涕流了出來。聽著光北球員簇擁李光耀發出一陣又一陣的歡呼聲，他們心裡最後一絲防守崩潰，紛紛痛哭出聲。

甲級聯賽，真的好遙遠。

身為球隊的絕對領袖，辜友榮逼著自己緊咬牙根，不讓自己哭出聲，現在最沒有資格哭的人，就是他。

明明已經跟教練約定好了，要把向陽帶到甲級聯賽……

明明已經跟隊友說好了，會把他們帶到甲級聯賽……

明明已經跟觀眾席上的學生說好了，會把球隊帶到甲級聯賽……

辜友榮沒辦法原諒自己，在對所有人做出承諾之後，卻讓他們全部都失望了。

淚水不斷滑落，辜友榮不知道該怎麼面對對他期望深切的教練，不知道該怎麼面對完全信任他的隊友，不知道該怎麼面對支持他們的全體師生，不知道該怎麼面對投入無數資源的學校，更糟糕的是，辜友榮不知道該怎麼面對自己。

在自責、失望、哀傷等等的情緒之外，他的心裡還有另一道讓他無法忽略的聲音。

「我想要到甲級聯賽，我想要繼續打籃球，我不想要就這麼結束……」

他今年已經高三，這是他高中生涯最後的乙級聯賽，也是最靠近甲級聯賽的一次。

辜友榮心中懷抱著籃球夢，在這場比賽之前，他幻想著帶領向陽打進甲級聯賽時，身為球隊王牌的他，理所當然地會是所有目光的焦點，到時候職業球隊的球探絕對會注意到他，只要他繼續努力練球，在明年的甲級聯賽打出好表現，那麼他在籃球這條路一定可以走得更順遂。

然而，在球賽最後的一點一秒，他的夢，就這麼被李光耀給狠狠擊碎了。

教練、隊友、學校的期望，他自己的籃球夢，一切的一切，就這麼在李光耀最後一擊之下粉碎了。

籃球場，就是這麼殘酷的地方。

辜友榮使盡全力壓抑著情緒，可是越是壓抑，洶湧的情緒就越是像海嘯一樣將他淹沒，讓他再也忍不住，跟其他的隊友一樣放聲大哭。

向陽每一個球員都哭紅了雙眼，甲級聯賽是他們的夢，夢碎了，他們什麼都沒了，就好像這幾年的努力全都被否定一樣。

他們不知道該怎麼接受這個結局，他們也沒辦法接受這種結局，可是事實就是李光耀在他們的防守之下，漂亮地投進了那一顆致勝球。

「嗚……嗚……嗚……」向陽球員用毛巾或用手，擦去臉上的淚痕，可是那不斷湧出的悲傷情緒，卻怎麼樣都沒辦法撫平。

這時，裁判拿著麥克風，說道：「頒獎，兩隊請派球員代表領獎。」

紀錄台上，兩個獎盃，一金一銀，反射著天花板上的燈光，發散出亮眼的光芒，然而對於向陽來說，卻是提醒著他們輸球的事實。

顏書洋望著哭泣的球員，目光落在辜友榮身上，「友榮，你去領獎吧。」

辜友榮渾身一震，低著頭深吸了好幾口氣，努力壓下心中的情緒，扯下頭上的毛巾，用力地把臉上的淚痕與鼻涕擦掉，逼自己抬頭挺胸，昂首闊步地走到紀錄台前。

而光北隊派出的，自然是投進最後一擊的李光耀。

兩人同時走到紀錄台前，最資深的裁判拿著麥克風，宣布：「最後比數七十七比七十五。這一屆乙級聯賽的冠軍，光北高中；亞軍，向陽高中！」

裁判從紀錄台上拿起將近半公尺高的冠軍獎盃，走到李光耀面前，雙手把冠軍獎盃交給李光耀之後，伸出右手，「恭喜，你們今天打出一場非常精彩的球賽。」

李光耀同樣伸出右手，跟裁判握手，「謝謝。」

裁判對李光耀點了頭，轉身走回紀錄台，拿起亞軍獎盃，走到辜友榮面前，「加油，這一場比賽並不是結束，而是另外一個開始。」

裁判將獎盃拿給辜友榮，同樣伸出右手，辜友榮鄭重地接過獎盃，跟裁判握手，「謝謝裁判。」

裁判退開一步，說道：「球員握手。」

李光耀與辜友榮各自走前一步，看著彼此。

李光耀率先伸出手，辜友榮接著伸出，光北與向陽的王牌，右手在眾人注視之下用力握住。

李光耀鄭重地說道：「你很強，向陽也很強，你放心，我們光北會把你們的份，一起帶到甲級聯賽努力奮戰。」

李光耀真誠的言語讓辜友榮心裡一震，本來在心裡發誓絕對不在李光耀面前露出軟弱的他，滾燙的男兒淚在李光耀此番言語之後又滑落臉龐。

辜友榮哽咽道：「謝……謝謝。」

李光耀用左手抱著獎盃，張開右手，辜友榮同樣用寬大的左手抓著獎盃，張開右手，兩個大男孩，深深擁抱彼此，用這樣的方式向對方表達尊重與祝福。

★

蕭崇瑜將李光耀與辜友榮擁抱的這一幕拍了下來，眼角泛著淚水，回頭望向苦瓜，「苦瓜哥，這一幕好感人，比賽的勝負雖然殘酷，可是球員間的惺惺相惜真的好動人，天啊，誰能不愛籃球？」

苦瓜沒有說話，嘴唇緊緊抿著，臉上沒有任何表情，可是發紅濕潤的眼眸背叛他，讓他的偽裝露出馬腳。

看著苦瓜胸口不斷起伏，眼眶發紅的樣子，蕭崇瑜愣了一下，隨後露出了然的笑容，「苦瓜哥，李明正與光北隊回來了，他們回到甲級聯賽了。」

苦瓜開口，但是卻有東西哽在喉頭，讓他嘴巴張了張，卻發不出任何聲音。

苦瓜長呼一口氣，用手指抹去眼角的淚水，吞了幾口口水，卻無法將哽在喉頭裡，一種名為感動的情緒給吞下肚。

如果不是當年看了李明正帶領光北擊敗啟南的那一場比賽，他不會進到《籃球時刻》當編輯，現在可能依然找不到人生的道路。

就某種層面來說，李明正跟籃球拯救了他的人生，讓他有一份穩定的工作，讓他可以在這個社會立足。

因為如此，李明正與籃球已經成為他人生不可割捨的一部分。

然而李明正在受傷之後卻像是蒸發一樣在台灣消失，這讓他越來越感到失落，甚至失去上班的動力，坐在辦公桌前，連電腦都懶得打開，就這麼發著呆，午休時間到就吃中餐，午休時間結束，在其他人已經開始做事的時候，他卻依然趴在桌上呼呼大睡。

他知道這種頹廢的模樣早晚會惹來麻煩，可是他真的找不到任何動力，上班下班彷彿只是一種例行公事，熱情完全消失殆盡。

但是，李明正回來了，光北高中也回來了，而且就在今天，他們重新站上台灣高中籃球界最高的舞臺，甲級聯賽！

苦瓜霍然站起，對蕭崇瑜說道：「把東西收一收，下去採訪了！」

蕭崇瑜立正站好，對苦瓜敬禮，「是，苦瓜哥！」

苦瓜快步走下樓，而蕭崇瑜用很快的速度收好錄影設備與相機鏡頭，把包包攬在肩上，連忙追上苦瓜。

苦瓜與蕭崇瑜一前一後走到球場上，打算跟以前一樣，由蕭崇瑜採訪李明正，苦瓜採訪光北的對手。

然而，蕭崇瑜今天卻拉住苦瓜的手。

苦瓜回頭，皺眉看向蕭崇瑜。

蕭崇瑜搖搖頭，對苦瓜露出笑容，「苦瓜哥，我的經驗跟能力還不夠，沒辦法採訪拿下冠軍的光北高中，這個重責大任只能交給你。」話一說完，蕭崇瑜不等苦瓜回應，馬上跑向顏書洋。

苦瓜看著蕭崇瑜匆忙離去的背影，心裡默默對他說了一聲，「謝了，菜鳥。」

苦瓜深吸一口氣，走到李明正面前，說道：「李教練，你好，想跟你借用一點時間做採訪。」

李明正看著苦瓜，咧開大大的笑容，「好。」

另外一邊，蕭崇瑜扛著沉重的包包，走到顏書洋面前，「顏總教練你好，我是《籃球時刻》的編輯，之前曾經到貴校採訪你們。」

顏書洋微微點頭，「我記得。」

蕭崇瑜心裡稍稍鬆一口氣，提起勇氣問：「請問可以跟顏總教練借一點時間做訪問嗎？」

顏書洋露出一抹苦澀的笑意，想起他們當初過來採訪時向陽的意氣風發，現在卻……

顏書洋輕嘆一口氣，「可以。」

蕭崇瑜把身上沉重的包包小心翼翼地放下，拿出智慧型手機，開啟錄音功能，「非常感謝顏總教練願意接受我們的採訪，首先想要請問顏總教練，你認為這場比賽輸球的主要原因是什麼？」

顏書洋沉默一會，緩緩說道：「這一場比賽球員表現得非常好，友榮依然在禁區展現出主宰力，其他球員也正常發揮，都有按照我的戰術下去執行。這一場比賽輸球，最大的責任要歸咎於我這個總教練身上，是我太自大，認為以向陽的實力在乙級聯賽絕對找不到對手，是我太輕忽光北這支球隊，是我在比賽之前沒有深入了解光北的球員，是我在比賽的最後時刻鬆懈，這場比賽輸球，我需要負最大的責任。」

聽到顏書洋的話語，蕭崇瑜不禁生出由衷的敬意，向陽確實有眼光，找到一個很好的總教練。蕭崇瑜相信如果今天贏的是向陽，顏書洋會把所有的功勞歸給在場上努力奮戰的球員。

蕭崇瑜又問：「在半場結束的時候，向陽領先光北十八分，第三節比賽甚至一度把領先優勢擴大到二十分，請問顏總教練認為光北為什麼可以在下半場追回分數，甚至在最後一刻逆轉比賽？」

蕭崇瑜的話宛如是二度傷害，重擊顏書洋的內心，但是顏書洋明白蕭崇瑜只是在做他的工作，也聽得出來蕭崇瑜語氣裡的小心翼翼，知道蕭崇瑜並非只是一味地想要取得訪問而不顧他的感受，深吸一口氣，強打起精神。

「最簡單的說法是，光北的王牌球員，二十四號李光耀跳了出來。」顏書洋說道：「雖然我不知道為什麼他一直等到下半場才開始展現過人的能力，但是他真的很強，我已經派出重兵看防他，他還是照樣可以把球投進，單就對比賽的影響力跟主宰力來說，說不定他還比友榮厲害一些。」

顏書洋衷心地讚美李光耀，「我沒有想過向陽會在乙級聯賽遇到這種等級的球員，他的打法非常成熟，跳投的技巧很高明，球也掌握得很好，執行最後一擊的時候更是非常冷靜，有十足的大將之風。雖然向陽沒有順利拿到冠軍，真的是一件很令人難過的事情，可是在此我代表向陽全體上下，對光北高中獻上祝福，希望他們明年在甲級聯賽可以打出一番好成績。」

蕭崇瑜誠摯地說：「顏總教練的祝福，我一定會替你帶給光北高中。」

顏書洋說道：「謝謝。」

蕭崇瑜又問：「那麼除了李光耀之外，顏總教練還有沒有對哪一個球員有深刻的印象？」

顏書洋不假思索地說：「那當然就是楊真毅了。」

蕭崇瑜說：「是因為楊真毅第一節的精彩表現，吸引了顏總教練的注意嗎？」

顏書洋搖搖頭，「這只是其中一個原因，更大的原因在於，其實楊真毅是我們向陽當初極力想要招募的球員，因為他在國中聯賽打出的成績相當優異，我記得我們當初開出相當不錯的條件，可是他卻拒絕了。

「這我們可以理解，畢竟向陽只是個乙級聯賽的球隊，可是我不懂為什麼他會出現在今年剛創立籃球隊的光北高中，而且除了他之外，光北陣中的魏逸凡跟高偉柏本來也都是甲級球隊的球員，我真的很好奇，為什麼光北高中可以吸引到這麼多具有甲級實力的球員，這也是我百思不解的部分。」

顏書洋望向正在接受苦瓜採訪的李明正，繼續說道：「說到這個，就不得不提到李明正教練，他竟然可以讓魏逸凡跟高偉柏這兩個前甲級聯賽的球員完全服從他的指令，尤其是高偉柏，他的脾氣差是眾所皆知的事情，可是在今天這場比賽，高偉柏完全沒有爆發出任何負面的情緒，反而乖乖做著李教練給他的禁區苦工的任務，單從這點就看得出來李明正教練執教功力相當高明，而且在光北今天最後一波進攻，他假裝走到紀錄台喊暫停，把我們所有人都給騙了，我從未想過場外的教練可以用這種方式影響比賽，我不如他，真的不如他。」

蕭崇瑜聽著顏書洋的話語，對他的敬佩之意更加深了一層，又聽到向陽球員的嗚咽聲，心裡衷心地為向陽感到惋惜。

不過，這就是籃球。

蕭崇瑜接著問：「在這場比賽過後，顏總教練接下來對向陽有什麼規劃嗎？」

顏書洋重重嘆了一口氣，臉上露出濃濃的憂慮，「老實說，因為我們真的沒有想過這場比賽會輸，接下來的規劃，要等到我跟學校報告今天這場比賽的結果，跟他們討論過後才會有明確的方向。」

「原來如此。」蕭崇瑜能夠理解顏書洋的憂愁，向陽努力那麼久，結果換來一場空，在現在少子化十分嚴重的台灣社會裡，大多數學校都為了招生而努力，把重要資源投入在招生與升學率上，這場比賽沒有贏，很可能會讓向陽加入這些學校的行列，最糟糕的結果就是，向陽上層會解散籃球隊。

「謝謝顏總教練，這樣就可以了。」

顏書洋對蕭崇瑜點頭道：「謝謝。」

採訪結束，關閉錄音功能之後，蕭崇瑜望著顏書洋略顯憂愁的表情，思考了一會，鼓起勇氣的說：「顏總教練，雖然我不知道這麼說適不適當，可是我認為你不必因為今天向陽輸給光北而自責。」

顏書洋皺起眉頭，「為什麼？」

「因為率領光北高中的李教練，正是當年帶領光北擊敗啟南的王牌球員，輸給他，我覺得並不是一件可恥的事情。」

顏書洋愕然，望向正在接受苦瓜採訪的李明正，驀然露出一抹苦笑，右手放在蕭崇瑜的肩上，「是嗎，原來是他，我懂了，難怪他鎮得住那些球員，謝謝你告訴我。」

顏書洋拍拍蕭崇瑜的手臂，「好了，我該去安慰我的球員了。」

蕭崇瑜點點頭，「謝謝顏總教練。」

顏書洋轉頭離去，喃喃自語：「擊敗啟南的王牌球員啊……」

另外一邊，光北高中。

「李教練，在正式採訪之前，首先我個人先恭喜光北高中獲得冠軍，取得明年甲級聯賽的參賽席次。」

李明正簡單地回應：「謝謝。」

苦瓜這才開啟手機的錄音功能，「李教練，光北高中在最後一秒鐘逆轉比賽，可以簡單描述一下現在的心情嗎？」

李明正微微露出笑容，「高興跟期待，不過期待多一點。」

苦瓜說：「睽違多年，光北高中再次打進甲級聯賽，能不能請李教練跟我們分享一下對明年甲級聯賽預設的目標，例如帶領球隊再次打敗啟南高中？」

李明正對苦瓜露出帶著深意的笑容，「打敗啟南高中不是光北的目標，以前不是，現在不是，未來也不會是。」

苦瓜問：「那請問李教練的目標是？」

李明正說道：「其實這個問題我之前已經回答過，光北的目標一直以來只有一個，那就是冠軍，丙級聯賽的冠軍，乙級聯賽的冠軍，甲級聯賽的冠軍，只要參加比賽，光北唯一的目標就是冠軍。」

苦瓜說：「我也記得李教練對我說過同樣的話，不過『啟南王朝，無可動搖』，這句話現在依然在甲級聯賽流傳著，啟南高中創隊三十年來始終主宰甲級聯賽，李教練想要帶領光北拿下甲級聯賽的冠軍，那麼路上絕對會遇到啟南高中，李教練認為以現在的光北高中，能夠跨過啟南這一道高聳的巨牆嗎？」

面對苦瓜一如往常，單刀直入的發問方式，李明正臉上勾起笑容，他喜歡苦瓜的直接。

所以，李明正也直截了當地說：「既然光北之前擊敗啟南一次，現在就可以擊敗啟南第二次。」

「李教練對球隊的信心讓人印象深刻，不過光北這支球隊有很多顯而易見的缺點，雖然光北今天擊敗的向陽高中被外界認為具有甲級的實力，但是向陽高中如果放在甲級聯賽，並不是一支會被排在前頭的球隊，而今天的比賽中，光北甚至一度落後向陽二十分之多，這樣的光北高中要擊敗啟南這個長期稱霸甲級聯賽的王者，是不是太過兒戲了一點？」

李明正勾起一抹充滿玩味的笑，「當年又有誰認為光北能夠擊敗啟南？」

感受到李明正語氣中的豪氣與自信，苦瓜心臟怦怦亂跳，李明正這個人從以前到現在完全沒有變，不管身分是現在的教練，又或者是以前的球員，李明正渾身上下都充滿了一股強烈的自信。

而李明正散發出來的這股自信，會讓人不知不覺地相信他所說的一切，就算他說的話是天方夜譚，都會讓人覺得這是真的有可能發生的事。

苦瓜心想，一定就是這股強烈的自信感染了其他隊友，讓當年的光北球員能夠絲毫不畏懼地面對啟南高中。

想起當年那場比賽，苦瓜拿著手機的右手開始微微顫抖，心跳加速，情緒變得激動，不過苦瓜長吸一口氣，現在的他是《籃球時刻》雜誌社的編輯，不是李明正的球迷，自己一定要先把工作做好。

「距離一月中的甲級聯賽熱身賽，大概還有一個多月的時間，請問在這段時間裡，李教練會不會特別加強球隊哪方面的能力，以應付甲級聯賽更高強度的身體對抗？」

李明正露出一抹邪惡的笑容，「加強是一定要加強，既然是甲級聯賽，強度自然不一樣，所以我的訓練菜單會做出調整，希望在甲級聯賽開始之前增強球隊的防守能力。」

「那進攻的部分呢？李教練又會做出什麼調整？到了甲級聯賽以後還會繼續限制李光耀的出手嗎？」

「老實說，進攻並不是我特別擔心的部分，光北的球員都非常不服輸，在今天這場比賽過後，他們發覺自己進攻端的不足，一定會卯起來自主訓練，所以進攻端我們教練組只會擔任輔助的角色，如同我剛剛說的，主要心力會放在防守的訓練上。

「至於李光耀，到了甲級聯賽，強敵變多，而他正是那種一遇到強敵就會變得興奮的球員，但是有時候會變得太過興奮，反而對球隊產生負面影響，所以我會放寬他的出手限制，不過會要他以團隊為最高考量去打球。」

苦瓜問：「今天李光耀在下半場的個人表現非常精彩，即使向陽高中對他重兵看防，李光耀還是可以維持住非常高的命中率，幫助光北在下半場急起直追，而且除了自己得分之外，李光耀

還利用自己的牽制力傳出幾次精彩的助攻，更是在最後一秒鐘投進致勝球，請問李光耀現在的實力，與當初帶領光北擊敗啟南高中的李教練你比起來如何？」

李明正哈哈大笑，「那小子還差得遠呢！」

苦瓜說道：「好，謝謝李教練。」

李明正點頭說：「謝謝。」

關閉手機的錄音功能之後，苦瓜看著李明正，說道：「你回來了，光北也回來了。」

李明正搖頭，嘴角揚起自信的笑容，「我回來，所以光北才回來了。」

苦瓜也露出笑容，眼前這個男人的狂傲自信絲毫不減當年，甚至猶有過之。

「李教練，我想要繼續採訪球員，可以嗎？」苦瓜問。

李明正說：「當然可以。」

苦瓜很快回頭，看著圍繞著李光耀跟冠軍獎盃的光北球員，邁步走了過去，輕咳幾聲吸引了他們的注意力，說道：「恭喜你們贏了，我知道你們現在很開心，不過請容我稍稍打斷一下。我有兩個問題想要問你們，第一，接下來想要增加自己哪方面的能力？第二，在甲級聯賽的比賽裡，想要怎麼幫助球隊？你們可以先想一下，不用急著回答我。」

謝雅淑想都沒想，搶先回答道：「我會加強各方面的能力，讓自己變成全台灣最強的女高中生，雖然我沒辦法上場，但是我會在場外幫隊友加油，用我的方式幫助在場上奮戰的隊友！」

高偉柏緊接著說：「甲級聯賽的身體碰撞比乙級聯賽要激烈得多，我接下來會增重，並且增加重量訓練的分量，讓自己可以承受更高強度的身體對抗，同時加強禁區腳步與練習不同的出手方式，讓自己的進攻能力更多元化，等到甲級聯賽開始，我會用我的進攻能力幫助球隊打爆對手！」

魏逸凡說：「我接下來會增強外線投射跟運球能力，我認為我的禁區腳步已經十分純熟，足以應付甲級聯賽，加上外圍跳投，一定會讓防守者更感到麻煩，然後跟偉柏、真毅聯手摧毀對手的禁區！」

楊真毅說：「我很喜歡自己的打法，所以我不會為了甲級聯賽而去練別種進攻手段，但是我會提升自己外線的把握度，並且增加腿部的爆發力，讓自己切入的速度可以快一點，就跟剛剛逸凡說的一樣，偉柏、逸凡、我，將會用進攻摧毀對手的禁區防線。」

王忠軍非常簡短地回答：「三分球。」

包大偉則說：「我的進攻能力非常差，所以我還是會把重心放在加強防守腳步上，但是會跟教練請益空手跑位的技巧，希望能夠藉由這種方式吸引對手的防守，減少隊友在進攻端的壓力。我的進攻真的很差勁，可是我相信防守也可以影響比賽，只要我把屬於我的方法想出來，我絕對可以用防守幫助球隊拿下勝利！」

詹傑成答道：「我接下來會加強切入能力，同時利用甲級聯賽開賽前的這一段時間鍛鍊體能，希望體能可以趕上其他隊友，把切入跟體能提升上來之後，我相信我的傳球在甲級聯賽一樣可以派得上用場，傳球就是我的武器，我會讓隊友用最簡單或者他們最喜歡的方式得分，這就是我幫助球隊的方式。」

麥克怯怯地說：「我……我……我……籃板球，還……還有……防守，跟……跟……火……火鍋……」

李光耀看到麥克講話吞吞吐吐的模樣，右手勾住麥克的肩膀，把麥克拉到自己身旁，哈哈大笑，「不好意思啊，編輯先生，這個小子在籃球場上雖然進步很快，可是只要一脫離籃球，又會變回這種害羞到不行的模樣，就讓我來替他把話說完。」

李光耀指著麥克，「他的意思是，他要用籃板球跟防守稱霸球場，如果有人膽敢侵犯他坐鎮的禁區，他會狠狠地送給對手一個大火鍋！

「至於我的話，老話一句。」李光耀深吸一口氣，露出與李明正一模一樣的自信笑容。

「我會把冠軍，帶回光北！」

（《最後一擊：傳奇5》完）

國家圖書館出版品預行編目資料

最後一擊：傳奇／冰如劍作．-- 初版．-- 臺北市：
POPO 出版：家庭傳媒城邦分公司發行，民 107.05，
　冊；　公分．--（PO 小説；26-）
ISBN 978-986-95124-7-3（第 5 冊：平裝）

857.7　　　　　　　　　　　　　　　107002845

PO 小説 26

最後一擊：傳奇（5）END

作　　者／冰如劍
責任編輯／高郁涵、吳思佳　　行銷業務／林政杰
主　　編／陳靜芬　　版　　權／李婷雯
網站經理／劉皇佑

總 經 理／伍文翠
發 行 人／何飛鵬
法律顧問／元禾法律事務所　王子文律師
出　　版／城邦原創 POPO 出版　城邦原創股份有限公司
台北市中山區民生東路二段 141 號 6 樓
電話：(02) 2509-5506　傳真：(02) 2500-1933
POPO 原創市集網址：www.popo.tw　POPO 出版網址：publish.popo.tw
電子郵件信箱：pod_service@popo.tw
發　　行／英屬蓋曼群島商家庭傳媒股份有限公司城邦分公司
聯絡地址：台北市中山區民生東路二段 141 號 11 樓
書虫客服服務專線：(02) 25007718・(02) 25007719
24 小時傳真服務：(02) 25001990・(02) 25001991
服務時間：週一至週五 09:30-12:00・13:30-17:00
郵撥帳號：19863813　戶名：書虫股份有限公司
讀者服務信箱 email：service@readingclub.com.tw
城邦讀書花園網址：www.cite.com.tw
香港發行所／城邦（香港）出版集團有限公司
地址：香港灣仔駱克道 193 號東超商業中心 1 樓
email：hkcite@biznetvigator.com
電話：(852) 25086231　傳真：(852) 25789337
馬新發行所／城邦（馬新）出版集團 Cité(M)Sdn. Bhd.
41, Jalan Radin Anum, Bandar Baru Sri Petaling,
57000 Kuala Lumpur, Malaysia.
電話：(603) 90578822　傳真：(603) 90576622
email：cite@cite.com.my

封面插畫／唐尼宇
印　　刷／漾格科技股份有限公司
經 銷 商／聯合發行股份有限公司
電話：(02) 2917-8022　傳真：(02) 2911-0053

□ 2018 年（民 107）5 月初版　　Printed in Taiwan.

定價／260 元
　ISBN 978-986-95124-7-3